번아웃된 여자들의
감정 읽기

아내가 화를 자주내요

아내가 화를 자주 내요

초판인쇄	2019년 6월 24일
초판발행	2019년 6월 30일
지은이	이모은 신호진 장성미
캘리그라퍼	박민주
발행인	조현수
펴낸곳	도서출판 프로방스
마케팅	최관호 최문섭
IT 마케팅	신성웅
디자인 디렉터	오종국 Design CREO
ADD	경기도 고양시 일산동구 백석2동 1301-2 넥스빌오피스텔 704호
전화	031-925-5366~7
팩스	031-925-5368
이메일	provence70@naver.com
등록번호	제2016-000126호
등록	2016년 06월 23일
ISBN	979-11-6480-000-1 03810

정가 15,800원

파본은 구입처나 본사에서 교환해드립니다.

번아웃된 여자들의
감정 읽기

아내가 화를 자주내요

브런치컴퍼니
이모은 신호진 장성미 지음

작가 **이모은**

안 해본 일은 있어도 못 하는 일은 없는 전형적인 대한민국 워킹맘. 사회복지학에서의 다수의 상담 경험과 기업교육 강사로 일을 하면서 '사람의 감정' 에 관심을 가지며 공부했다. 이후 아이가 생기면서 한 번도 경험한 적 없는 새로운 감정을 만난 후 , 여자가 행복하길 바라는 마음으로 여성 감성 플랫폼 [브런치(Brunch)]에서 콘텐츠 및 교육 프로그램을 제공하고 있다.

메일 | moeun4232@naver.com

작가 **신호진**

일하는 엄마, 밥하는 대표로 '전업맘도 아닌 워킹맘도 아닌 변종맘(창업맘/프리랜서맘)' 내가 좀 더 행복하자는 마음으로 창업을 했고, 여자가 좀 더 행복했으면 하는 마음으로 여성 감성 플랫폼 [브런치(Brunch)]에서 엄마들의 행복으로 가는 감정을 위한 콘텐츠와 교육 프로그램을 제공하고 있다.

메일 | good_signal@naver.com

작가 **장성미**

기업교육 대표, 칼럼니스트, 아내, 엄마로서의 삶을 동시에 살고 있지만 3살 터울의 두 남매를 키우는 아이 엄마의 정체성이 가장 강한 여자이다. 여성들의 마음챙김을 통한 회복탄력성에 관심을 갖고 여성 감성 플랫폼 [브런치(Brunch)]에서 교육콘텐츠 및 프로그램을 제공하고 있다. 저서로 『결혼 10년마다 계약하기』 흙길을 꽃길로 만드는 결혼생활 스킬 40가지가 있다.

블로그 | blog. naver.com/riseup0711

캘리그라퍼 **박민주**

다년간 나의 이야기를 입과 몸짓으로 전하는 것에 익숙해져있던 그 때, 힘들었던 순간 말이 아닌 글자가 주는 따뜻함에 위로받으며 캘리그라피의 매력을 알게 되었다.내가 받았던 그 날의 위로만큼 누군가에도 이 글자가 힘이 될 수 있기를 소망한다.

프롤로그 | Prologue

"일과 가정을 모두 책임지고 이끌어가는 여성들에게 위로와 공감을 건네고 싶었습니다"

처음에는 단순한 궁금증에서 시작했어요. 대한민국에서 일하는 엄마로 산다는 건 너무나 힘들었어요. 매일 전쟁처럼 나의 한계를 시험하며 살곤 했죠. 그러던 어느 날, 평소처럼 시간과 싸우던 저에게 '힘든 결혼을 왜 했어!' 라고 질책하는 나를 발견했어요. 최선을 다하는 나에게 질책보단 이유를 찾아주고 싶었고, 그 방법으로 결혼하기 전 나를 떠올리며 글을 쓰기 시작했어요.

우리에게도 사실 '엄마' 가 아닌 '아가씨' 로 더 많이 불리던 때가 있었어요. 그땐 결혼에 관한 많은 정보 속에서 나를 위해 최고의 결혼을 꿈꿔왔죠. 그만큼 혼란과 답답한 감정도 함께였던 것 같아요. 이 글 속에서는 결혼을 준비하는 여자의 현실적인 상황과 그로 인해 느꼈던 다양한 감정을 담았어요.

이 책을 통해 결혼이라는 큰 과제에 '왜?' 라는 물음표를 가진 저와 같은 엄마, 또는 결혼 준비를 하는 결혼 준비생, 그리고 현실 때문에 결혼을 포기한 대한민국 여자분들이 함께 읽으면서 공감할 수 있었으면 좋겠습니다. 그리고 책 속 5명의 결혼 우등생들의 인터뷰를 보면서 위로와 공감을 얻고 앞으로 행복한 나를 위한 답을 찾길 바랍니다.

저의 글이 우리의 책이 되기까지 함께해준 장성미, 신호진 저자님께 진심으로 감사드립니다.함께 하며 공감하고 위로받고 배움의 연속이었습니다.

마지막으로 작가라는 꿈을 이루게 해준 서율이와 평생 내 편에게 감사합니다.

이모은 작가

어느 날, 아이들의 손을 잡거나 유모차를 끌고 길을 지나가는 엄마들을 우연히 보게 되었어요. 그런데 하나같이 모두 화가 난 표정이었어요. 엄마로 아내로 산다는 것은 여자들에게 쉬운 일이 아니라는 생각이 들었습니다. 문제는 그렇게 자꾸 화가 나고 슬퍼지는 감정이 일어나는데도 여자들의 우선순위는 마음을 챙기기보다는 아이들과 남편을 챙기는 일이 우선이 되고, 가끔 힘겨운 마음을 달래기 위한 '나를 위한 시간' 은 늘 죄책감이 함께 붙어오곤 합니다.

이 책을 내게 된 동기는 바로 이 출발점이었습니다. 자신의 감정이 불안하다는 것은 방어적인 상태라고 생각합니다. 많은 것이 공격해오고 그것이 위협적이기 때문에 일어나는 감정인데 이런 불안하고 불만족한 상태로 가족들과 지내는 것은 가족 모두에게 서로 좋지 않은 결과를 가져오지 않을까요? 아내의 이유 없는 짜증과 불만족스러운 표정, 엄마의 짜증스러운 목소리와 미간을 찌푸린 표정은 가족들에게 편안하고 행복한 가정이라는 생각을 전달하진 못할 테니까요.

늘 웃고, 만족하면서, 행복하다고 자신했던 전 직장의 언니를 만나게 되었어요. 그 언니는 직장을 20년을 다니면서 아이들을 키웠고, 지금은 짐(Gym)을 운영하는 여자대표로 사는 저의 롤모델이죠.

낮에 2시간은 오로지 자신을 위한 커피와 사색의 시간으로, 한 달에 두 번 이상은 혼자 심야 영화를 보고, 한강을 달리면서 자신의 문화생활과 여가생활도 누리는데 가족들의 지지가 엄청나요. 그러다 보니 그 가족은 늘 웃음이 끊이지가 않더라고요. 바로 이거다 싶었죠.

각자의 방법은 다르지만 우린 힘든 이 감정을 나누고 해소할 수 있다는 생각이었습니다.

이 책에서 함께하는 저자 두 분과 저는 이 시대를 살아가면서 일과 가정을 모두 책임지고 이끌어가는 여자들에게 위로와 공감을 건네고 싶었습니다. 나 혼자 힘든 것이 아니라는 것만으로도 위로가 되니까요.

그리고 정답은 없지만 '이 문제를 잘 해결해 낸 사람들의 이야기로 각자 자기만의 답을 찾을 수 있지 않을까' 라는 생각으로 결혼과 육아의 우등생들을 찾아갔습니다. 조금이라도 수월하게 그리고 건강하게 찾는 길을 찾아주고 싶었습니다.

엄마가 되기 전, 아내가 되기 전 사실은 그것보다 선행되어야 할 '내가 되기' 를 놓치고 지나간 수많은 나에게 위로와 공감 그리고 '나를 찾기 위한 감정 읽기' 의 길을 전해주고 싶습니다.

이 책이 나오기까지 '행복한 여자, 행복한 아내, 딸, 동생, 며느리, 엄마' 가 되게끔 지원해준 가족에게 감사의 말을 전합니다. 또한, 함께 웃으며 울먹이며 공감과 지원을 해준 이모은, 장성미 저자님께도 감사드립니다. 마지막으로 늘 곁을 지켜주며 꿈을 이룰 수 있게 도와주는 열에듀컴퍼니 가족들에게도 감사하고 사랑한다는 말을 전하고 싶습니다. 그 외 늘 곁에서 알게 모르게 응원해주고 존재해주는 모든 지인에게 감사드립니다.

신호진 작가

이제 막 서른, 마흔, 그리고 마흔을 막 넘어간 여자 셋이 궁금했던 우리들의 이야기를 담았습니다.

다른 사람의 성장을 돕는 기업교육 대표, 강사, 아내와 엄마 역할, 현실에서는 매일매일 계획을 세울 수 없고 도무지 정답이 없는 결혼생활을 살아내느라 악착같은 시기를 보내왔습니다.

결혼, 출산, 육아 그리고 우리의 일까지 어떻게 해야 할지 모르던 순간 '결혼 INSIDE 인터뷰' 를 시작했습니다. 도대체 남들은 어떻게 하는 걸까? 성공한 일과 결혼생활을 해나가는 사람들이 궁금해졌습니다. 인터뷰로 만난 결혼 우등생들의 조언과 3명의 경험을 책에 담았습니다. 좌충우돌 경험가와 결혼생활 우등생이 묻고 답한 이야기입니다. 결혼 전 불안한 여성과 결혼 후 오랜 기간 잠재되어 번아웃된 여성들을 위한 감정 길잡이 책이 되길 바랍니다.

결혼 후 아이의 출산이 다가오면서 불안했던 시간이 있습니다. 하지만 제 주변의 어떤 지인은 여자로서 처음 경험하는 모든 단계를 육체적으로는 힘들지만 감사와 행복함으로 넘어가는 사람이 있습니다.

'나는 왜 힘들다고만 생각했을까? 왜 행복하지 못했을까?' 라는 생각이 들기도 했지요. 단지 임신과 출산으로 변한 '호르몬 변화 때문이야' 라고 치부해버릴 수 있는 것이 아니었습니다. 지나고 보니 스스로 건강하지 못한 감정 상태를 갖고 있었기에 무엇을 해도 다 힘들었던 것뿐이에요. 오늘 나의 감정을 알고 관리할 수 있는 감정 읽기는 매우 중요합니다. 나의 감정을 관찰하고, 이해하고, 받아들이고 그것을 때로는 그대로 수용해내는 힘을 말합니다.

1장은, 결혼 전 불안한 여자의 마음과 아이를 키우는 엄마로서 남에게 떳떳하게 털어놓지 못하는 좌절과 불안감에 관한 내용입니다. 우리가 매일매일 쉼 없이 직면하는 문제들을 저자들의 경험을 통해 제3자의 관점에서 바라보면 좋겠습니다. 그리고 작은 위로를 건넬 수 있었으면 좋겠습니다.

2장은, 연애의 연장선과 같이 여겨질 거라고 믿었던 결혼생활에 대한 배신입니다. 우리의 삶이 흔들렸던 순간을 담았습니다. 아내, 며느리, 엄마로 이어지는 다양한 역할들을 소화하며 바쁘게 지내다 보니 번아웃된 여자들의 감정을 소개했습니다. 지나가는 바퀴벌레만 봐도 웃던 신혼이었는데 결국은 뭐든지 가성비로 바뀌어버린 우리의 결혼생활을 통해 느낀 감정이 저자들의 경험담을 중심으로 담겨있습니다.

3장은, 결혼 전 가졌던 감정에 대한 부분입니다. 처음으로 나 아닌 다른 것을 책임져야 한다는 사실을 인식했을 때 불안했고, 초조했고,

두려웠습니다. 어쩌면 우리의 꿈은 그저 평범한 여자가 되는 거였는데 뭐가 그리도 스펙터클 다이내믹했던지 지나고 보니 그건 결혼생활에 필요했던 감정관리의 예습이라고 할 수 있습니다.

4장과 5장은, 여자의 감정수업에 관한 내용을 담았습니다. 여자의 감정수업으로 수많은 충격에서 나를 이겨내는 힘, 내 마음속에 숨어있는 천 개의 가면 속 만개의 감정을 인지하고 굿이모션 습관화를 위한 실천 방법 맘큐(MOM' Q)를 소개하고 있습니다.

맘큐(MOM' Q)란, Message(감정의 메시지 읽기), Observe(감정을 관찰하고 이해하기), Manage(좋은 감정 습관화)를 의미합니다. 굿이모션 습관화를 위해 필요한 맘큐의 단계를 담았습니다.

또한, 5명의 결혼 우등생들에게 엿들은 이야기, 결혼 INSIDE 인터뷰 내용이 담겨있습니다. 인터뷰를 통해 보물 같은 이야기를 쏟아내 준 보급형 남편 연예인 이정수 씨, 양궁 국가대표 금메달리스트 주현정 선수, 코칭맘 정은경 작가, 워킹맘 육아 멘토링 이선정 대표, 부모교육 전문가 그로잉맘 이다랑 대표님께 진심으로 감사드립니다.

개인적으로 2번째 책을 낼 수 있도록 함께 해준 신호진 대표님과 이모은 강사님께도 감사합니다. 두 분과 함께 인터뷰하고, 책의 내용을 고민했던 모든 순간이 즐겁고 행복했습니다.

마지막으로 잠자기 전 늘 고사리 같은 손을 모아 아빠 엄마를 위해 기도해준 영민이와 하선이에게도 사랑을 전합니다. 늘 저를 위해 아낌없는 기도와 정서적 지지를 해주는 친정 엄마도 너무 고맙습니다. 결혼 10주년, 함께 참고 견뎌온 나의 동지, 나의 남편에게도 사랑하는 마음을 전합니다.

장성미 작가

엄마가 되기 전, 아내가 되기 전
사실은 그것보다 선행되어야 할 '내가 되기'를
놓치고 지나간 수많은 나에게
위로와 공감 그리고 '나를 찾기 위한 감정 읽기'의
길을 전해주고 싶습니다.

Contents | **차례**

PART 01

여자의 삶이 흔들린다

요즘은 1~2명만 낳아 키우지만,
육아가 너무 힘들다고 엄마들은 말합니다.
정말 힘들기 때문이에요.
바쁜 아빠, 도움받을 수 없는 상황이라면
독박육아가 맞습니다.

01

혼자 좀 있고 싶어요

우주의 신비. 무엇이든 다 빨아들인다는 블랙홀은 있기는 할까요? 우리 집 냉장고 음식과 엄마의 에너지까지 다 빨아들이는 블랙홀 같은 존재 우리 아들은 늘 블랙홀이 정말 존재하냐는 질문을 참 많이도 합니다.

2019년 4월 10일.
드디어, 인류역사상 처음으로 블랙홀 사진이 찍혔습니다.

지구에서 찍은 블랙홀의 사진.
그렇다면, 지구와 블랙홀과의 거리는 얼마나 될까요?

기사에 많이 사용되었던 표현을 빌리자면,

'파리의 카페에서 뉴욕에 있는 신문을 읽을 수 있는 정도'.

지구에서 5500만 광년이나 떨어진 이 블랙홀을 관측하기 위해 미국과 남극 등 세계 곳곳의 전파망원경 8대가 동원됐습니다. 2017년 4월, 총 9일 동안 같은 시각 서로 다른 망원경을 통해 블랙홀의 전파 신호를 관측한 다음 컴퓨터로 통합 분석했습니다. 지구 크기만한 가상의 전파망원경을 만들어서 블랙홀을 관측한 셈입니다. 해상도가 미국의 허블 천체망원경보다 1000배나 높습니다.

결혼과 출산 그 이후,

'내가 어디에 있는지', '내 마음은 어떤 상태인지' 도대체 알 수가 없습니다. 아무도 잘못한 이 없는 모든 상황에서 차오르는 감정.

'나는 왜 자꾸 화가 날까?'

존재는 하지만, 보이지 않는 내 감정을 앗아가는 블랙홀은 과연 무엇이고 어디서부터 잘못 된 것일까요? 머리가 복잡한 어느 날 밤하늘을 바라보듯 내 마음을 가만히 들여다 봅니다. 아마도 내 마음은 블랙홀보다 더 먼 거리에 있는 것 같습니다. 좀처럼 보이지 않습니다.

인생이 블랙홀에 빠졌어요.

"엄마, 언제 와?", "자기야, 저녁은 뭐야?", "얘야, 주말에 뭐하니? 주중에 손자 봐주는데 주말에는 엄마를 좀 데리고 바람 쐬러 가줘야지?", "매니저님, 문자 보셨어요? 급한 일인데 전화를 안 받으셔서 문자 보내드려요."…. 하루에 내 귀에 닿는 역할단어는 4~5개 이상입니다.

엄마이자, 딸이자, 아내이자 며느리이고 그러면서 직장인이기 때문입니다. 3년 전쯤, 퇴근하는 길에 동네 근처 공원에 차를 세우고, 공원의 벤치에 누워서 30분가량 하늘을 보다가 다시 집에 가곤 했습니다. 그 삼십여 분의 시간이 하루 중 온전히 '나'로 보내는 시간 전부였으니까요. 혼자 있고 싶고, 도망가고 싶은 마음이었던 것 같습니다.

인간행동의 동기를 설명하는 데 가장 보편적으로 이용되고 있는 욕구 단계 이론으로 에이브러햄 매슬로가 1943년에 발표한 논문 "인간 동기의 이론(A theory of human motivation)" 있습니다. 이 이론 5단계를 보면 인간의 기본적인 마음의 욕구를 알 수 있습니다. 1단계: 생리적 욕구, 2단계: 안전 욕구, 3단계: 애정과 소속의 욕구, 4

단계: 존경심의 욕구, 5단계: 자아실현의 욕구로 구분합니다. 매슬로에 따르면 각 욕구는 우성 계층의 순으로 배열되어 있으며 욕구 피라미드의 하단부에 있는 욕구가 충족되어야만 상위 계층의 욕구가 나타납니다.

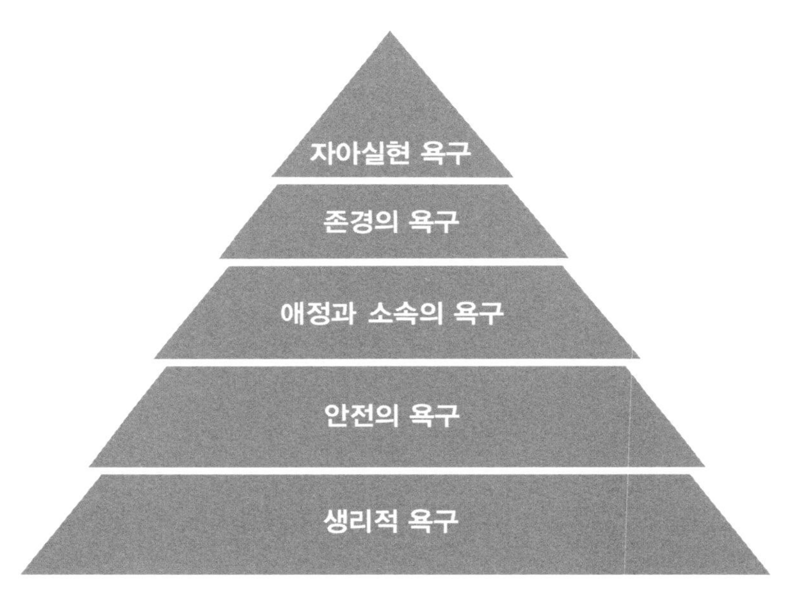

[인간 동기의 이론(A theory of human motivation), 에이브러햄 매슬로의 욕구 5단계]

1단계 생리적 욕구는 생명을 유지하려는 욕구로 가장 기본인 의복, 음식, 가택을 향한 욕구에서 성욕까지를 포함합니다. 이 기본 욕구가 채워지면 그 위의 상위 욕구로 이동합니다.

2단계는 안전 욕구로 위험, 위협, 박탈(剝奪)에서 자신을 보호하고 불안을 회피하려는 욕구입니다. 또한, 이 욕구가 채워지면 3단계로 이동합니다.

3단계는 애정 · 소속 욕구로 가족, 친구, 친척 등과 친교를 맺고 원하는 집단에 귀속되고 싶어 하는 욕구입니다. 이 욕구가 어느 정도 충족이 되면 4단계로 이동합니다.

4단계는 존경 욕구로 자아존중과 자신감, 성취, 존중 등에 관한 욕구가 여기에 속합니다. 그리고 나면 가장 상위에 있는 5단계로 이동합니다.

5단계는 자아실현 욕구로 자기를 계속 발전하게 하고자 자신의 잠재력을 최대한 발휘하려는 욕구입니다. 다른 욕구와 달리 욕구가 충족될수록 더욱 증대되는 경향을 보여 '성장 욕구'라고 하기도 합니다. 알고 이해하려는 인지 욕구나 심미 욕구 등이 여기에 포함됩니다.

사랑하는 연인을 두고 혼자 집으로 돌아가기가 싫어서 우리는 결혼을 결심하는 순간을 맞이하는 연인들의 이야기를 많이 듣습니다.

그렇게 헤어지기 싫어서 결심한 결혼식에서 여자는 어여쁜 왕관을 머리에 올리게 됩니다. 그리고 둘이 하나가 됩니다. 그런데 둘이 되고 싶었던 결혼은 곧 셋이 되어 더 큰 왕관을 수여 받게 됩니다. 그리고 또 조부모들과의 손자/녀 돌보기 동거가 시작되며 뜻밖에 다섯, 여섯이 가족이라는 울타리로 함께하게 됩니다. 그러면서 늘어나는 것은 왕관의 무게입니다.

앞의 욕구 단계를 보면 가정을 이루고 더 큰 가족의 범위에 소속이 되면 분명 애정과 소속의 욕구는 더 크게 채워지는 것이고 다음의 상위 욕구는 분명 존중의 욕구일 텐데 왜 존중받고 싶은 것보다는 도망치고 싶어지는 것일까요?

아마도 결혼과 출산으로 겪게 되는 심리는 역행하는가 봅니다. 다시 안전의 욕구를 위협받으며 편안하고 안락한 나만의 공간을 찾아 숨고 싶어집니다. 결혼/육아를 겪으면서 이 큰 우주 안에서 우린 우리의 감정이 모두 블랙홀로 빨려들어 갑니다. 그리고, 묻습니다.

'난 누구지?, 난 어떻게 살아야하지?'
'잠깐이라도 혼자 좀 있을 수는 없을까?'

02

여성의 가사노동 남성의 3배

아침 6시 기상.

아들과 남편이 함께 일어납니다.

남편은 출근 준비를 하고, 아내는 출근 준비와 함께 아들의 등원 준비를 합니다.

그 사이, 아내는 아들과 남편의 아침 식사 준비하고 준비를 모두 마친 아들과 남편은 티비를 보면서 잠시 시간을 보냅니다. 아내는 이제 막 씻기 시작합니다.

퇴근 7시.

아내는 불이 나도록 어린이집으로 아이를 찾으러 가고, 귀가 후 아들을 씻기고 밥을 먹입니다. 아들이 밥 먹는 사이 옷을 갈아입고 나오면 남편이 귀가하고 저녁을 차립니다. 함께 식사를 하고 아들과 남편은 잠시 티비를 보는 동안 아내는 설거지를 하고 씻기 시작합니다. 이제 아들이 숙제랑 준비물을 챙길 시간입니다.

가사노동 가치 '시간당 1만569원' 첫 공식 통계가 나왔습니다.

통계청 '가계생산 위성계정' 개발해 첫 발표

2014년 기준…당시 최저임금 5210원의 2배 연간360조원, 1인당 환산하면 연간 710만원 여성이 차지하는 비중 75%…남성의 3배

[한겨레 2018. 10월 기사 중]

8일 통계청이 발표한 '가계생산 위성계정 개발 결과(무급 가사노동 가치 평가)'를 보면, 음식 준비와 청소 등 무급 가사노동의 경제적 가치는 360조7300억원으로 5년 전(270조5200억원)에 견줘 33.3%(90조 2100억원) 증가했습니다. 1인당 가사노동가치는 710만8천원으로 5년 전(548만8천원)과 비교하면 29.5%로 늘었습니다.

통계청이 가사노동의 '보이지 않는' 경제적 가치를 평가해 공식 통계를 내놓은 것은 이번이 처음입니다. 국민계정을 보완하는 부속 계정인 '가계생산 위성계정'은 유엔의 권고사항으로 지난해 7월 국

가통계위원회가 통계작성을 승인했습니다.

가사노동가치를 행동 분류별로 보면 '음식 준비'가 29.8%로 가장 큰 비중을 차지하고 '미성년 돌보기'(23.5%), '청소'(14%), '상품 및 서비스 구매'(8.8%) 순으로 나타났습니다. 특히 음식 준비, 청소 등 가정관리 부문 평가액은 5년 전보다 36.1% 증가하지만 가족 · 구성원 돌보기 부문 평가액은 1999년 29.3%에서 2014년 25.9%로 오히려 감소했습니다. 김대유 통계청 소득통계개발과장은 "가계 내에서 일어나던 돌보기가 국가나 기업 등으로 이전하고 있기 때문"이라고 설명했습니다.

그래서 작성해 봤습니다. 우리가 말하는 음식준비, 미성년 돌보기, 청소, 상품 및 서비스 구매는 과연 어떤 일들을 말하는 것일까요?

물론 소소한 것들이 쌓여 음식준비, 미성년 돌보기 등으로 구분되지만 사실 그 소소한 것들을 모두 챙기는 것이 여간 힘든 것이 아닙니다.

요즘 워라벨 이라는 말을 많이 사용합니다. 이는 기업에서 일과 가정의 균형을 말하는 용어로 '일과 삶의 균형' 이라는 의미인

음식준비	미성년 돌보기 (7세기준)	청소	상품 및 서비스 구매
장보기	씻기기	이불빨래	미성년 간식주문
냉장고 정리하기	대소변 치워주기	옷빨래	식생활품 주문
재료 씻기	(필요시 기저귀 관리)	청소기 돌리기	통신비결제
재료 다듬기	옷 입히기	설거지하기	각 종 공과금 정리
요리하기	로션 발라주기	걸레질하기	어린이집 결제
요리 담아내기	머리 말려주기	냉장고정리	태권도 결제
상 차리기	어린이집 준비물	에어컨 청소	학습지 결제
상 치우기	도시락통 세척	선풍기 청소	도서구입 주문
설거지하기	등원/하원 시키기	집먼지 털기	의류 주문
	놀아주기	신발세척	주말 액티비티 예약
	숙제 도와주기	책정리	자녀 공연/전시 예약
	학습지도	비품정리	

'Work-life balance' 의 준말입니다. 그렇다면, 기업에서 혹은 사회생활을 하는 '일' 과 가정에서 하는 '일' 은 어떻게 구분해야 할까요? 전업맘은 일을 하지 않는다는 이유로 워라벨이 가장 좋은 대상일까요? 그렇다면 워킹맘은 퇴근을하고 집안일을 한다면 그 누구보다 업무강도가 쎈 것은 아닐까요?

여자들의 워라벨은 어디에서 어떻게 찾아야 할까요? 우리에게 필요한 것은 무엇일까요?

03

근데 나 혼자 뭐해야 하죠?

결혼하고 아이를 낳고, 많은 역할 안에서 심리적인 부담과 불안을 이기지 못하고 여자들은 덜 중요하게 생각되는 역할인 사회적 역할을 중단하는 경우가 많습니다. 이는 워킹맘들의 경력단절 규모가 줄어들지 않고 있는 내용을 통계적으로 보여주는 결과로 짐작할 수 있습니다. 결국, 내 이름 석 자로 온전히 불리는 마지막 역할을 버리게 되는 것입니다. 물론, 더 중요하다고 판단되는 가정과 아이 육아를 책임져야 하기 때문입니다. 나를 버리고 우리를 선택하는 순간입니다.

왕관의 무게를 줄이기 위해 보석을 떼다.

그런데 과연 그것이 나의 자발적인 선택인가, 내 주변의 모든 상황이 나를 선택하게 만든 것인가 생각해 볼 필요가 있습니다. 타인의 기준과 시선으로 내가 할 수 있는지 모르겠는 미지의 동굴로 들어가는 일은 스스로 존중받지 못하고 있다고 느끼게 합니다. 이렇게 존중의 욕구가 충족되지 않거나 욕구에 불균형이 생기면 사람들은 자아존중감(self-esteem)이 낮아지거나 열등감을 느끼게 됩니다. 결국, 왕관의 무게가 무거워서 무게를 줄인다는 것이 왕관의 존재의 의미였던 가운데 보석을 떼어 버립니다. 내 이름 석 자를 버리고 역할의 책임과 오롯이 희생하며 남은 감정의 무게만 짊어지게 되는 순간입니다. 분명 그것은 의미 있는 희생일 수 있습니다. 하지만, 그것이 결론적으로 모두에게 행복을 주는 선택인지 더 고민해 봐야 합니다.

잠시라도 쉬는 시간 무엇을 하시나요?

영화 좋아하시나요?
뮤지컬 좋아하나요?
전시회는 어떤가요?
요즘 가장 최근 극장을 간 건 언제인가요?

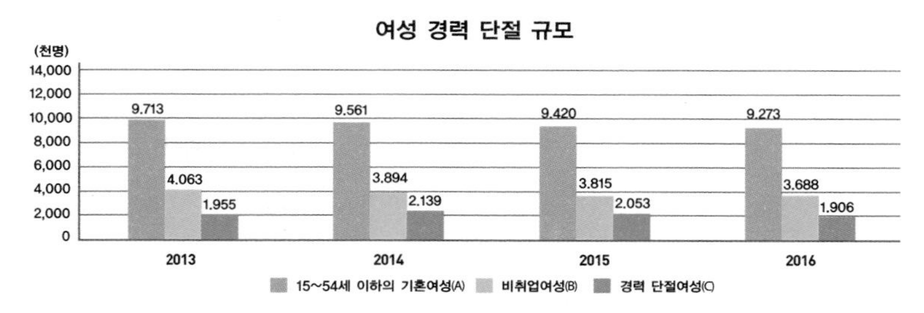

[http://post.naver.com/pmg_books]

20대 시절 나는 분명 영화를 좋아하고, 나름대로 독립영화나 전시를 보기를 좋아했습니다. 늘 손에는 책이 있었고 친구들과 함께하지 않은 주말은 없었던 것 같습니다. 그런데 문득 결혼 5년차 워킹맘 4년차 어느 날, 계획되어 있던 출장이 취소되거나 가족들이 모르는 회사 창립기념일 휴가에 동네 목욕탕을 찾는 저를 발견했습니다. 주말이면 세신 순서를 오래 기다려야 하니까 평일에 가야겠다는 기쁨에 다른 것은 생각조차 해보지 못했던 것 같습니다.

회사를 그만두고 창업한 지 2년이 되어 갑니다. 이전에 보지 못했던 풍경으로 출근 시간이 지난 10시~13시 사이 카페나 식당의 풍경을 바라볼 일이 자주 생깁니다. 아이를 어린이집에 맡겨놓고 잠깐의 자유시간이 난 우리 여자들은 대부분 '아이를 기다리며' '아이 친구 엄마들과' 커피를 마시면서 육아 정보 꿀팁을 얻거나, '남편의 잔소리를 못 참고' 헬스클럽에서 뱃살을 빼기 위해 러닝머신을 달리거나,

혹은 잠시 틈나는 시간 SNS 세상에 집중하는 모습들을 보게 됩니다.

대부분 사람은 안정된 자아 존중감을 느끼길 원합니다. 매슬로는 '낮은' 수준과 '높은' 수준이라는 두 종류의 존중감을 이야기합니다. '낮은' 수준의 존중감은 타인으로부터 존중받고자 하는 욕구입니다. 이는 지위나 인정, 명성, 위신, 주목에의 욕구와 같이 외적으로 형성된 존중감입니다. 요즘의 원더우먼들이 육아 스트레스를 SNS에 명품 유모차나 해외여행 사진으로 도배를 하면서 팔로워 수에 위안을 삼을 수밖에 없습니다. 그렇게라도 존중받고자 하는 욕구를 채워야 하니까요.

'높은' 수준의 존중감은 자기 존중(self-respect)에 대한 욕구입니다. 이를테면 사람들은 강인함, 경쟁력, 어떤 것의 숙달, 자신감, 독립성, 혹은 자유와 같은 가치를 갖고자 합니다. 이러한 높은 수준의 존중감은 낮은 수준의 존중감보다 우위에 있는데, 그 이유는 높은 수준의 자기 존중은 경험을 통해 형성된 내적인 자기 경쟁력을 갖게 해주기 때문입니다.

이런 여자는 타인이 정한 육아의 방식을 찾거나 남들의 귀동냥으로 육아를 하지 않고 자신의 육아철학과 방식으로 방법을 찾아 나갑니다. 또는 역할이 힘겹다고 느껴질 경우, 역할에 대한 지원자를 찾고 대책을 마련하면서 정당한 요구사항을 요구하면서 스스로를 무한 희생이나 책임 안에 가두지 않습니다. 남편과 가족에게 그리고 직장에 정당한 도움과 배려를 요구합니다.

최근에 함께 글을 쓴 작가의 SNS를 보게 되었습니다. 아이를 보고, 살림도 하며 워킹맘으로 프리랜서로 강의도 하는데도 불구하고 늘 일하는 것을 눈치 보고 마음 불편해하기도 합니다. 어느 날, 작가님의 일상 중 부산 교육을 하러 간 출장지에서 적은 글을 보고는 울컥했습니다.

'부산 교육하러 가는 길 내가 애정하는 부산에 미리 내려가 짧지만 찐하게 혼자 눈 호강했다. 왠지 아들을 어린이집에 두고 일을하면 일분도 나를 위해 쓰면 안될 것 같은 구두쇠에서 잠시 해방시켜줬는데 한번쯤은 좋구낭!'

KB금융지주 연구소의 2018년 10월 한 통계를 보면 워킹맘 자신을 위한 시간이 충분하지 않다고 느끼는 비율은 51.2%로 절반이 넘었으며, 충분하다고 응답한 비율은 전체 중 17.6%밖에 안 되는 수준이었습니다. 이렇듯 워킹맘은 본인의 삶과 관련한 긍정적인 부분에 대해서는 만족하지 못하는 모습을 보였습니다.

왕관의 가운데 상징적인 보석을 떼어내고 무게만 무거운 왕관을 쓴, 이 시대 원더우먼들은 그래서 혼자 있고 싶지만, 혼자 있는 그 시간 무엇을 해야 할지 몰라 두렵나 봅니다. 결국, 무거운 감정의 무게를 견디어 내고 있지만, 그 안에 나를 잃어버리고 시간을 견디다 보니 나를 마주하는 시간이 더 낯설고 어렵게만 느껴집니다. 그리고 그 시간이 괜스레 미안해집니다. 어쩌면 긴 시간이 필요한 건 아닐 수 있습니다.

혼자 보내는 시간.

그 짧은 순간 미안하지 않고, 행복했으면 좋겠습니다.

04

당신의 마음은 건강한가요?

작은 감정의 파도에도 쉽게 출렁이는 이유는 무엇일까요? 결혼 전, 누군가를 만나고 사랑을 키우고 결혼하기까지도 쉬운 여정은 아니었습니다. 따뜻한 응원만 있었다면 좋았겠지만 우려와 걱정을 안고 다시 한번 다짐을 묻는 사람들도 있었지요. 그럴 때마다 '아, 힘들어' 라는 말을 무심코 내뱉었던 적이 저에게는 여러 번 있었습니다. 결혼 후 백설공주, 신데렐라의 엔딩처럼 '둘이 오래오래 행복하게 살았답니다' 라는 동화 속 엔딩은 도대체 어디에서 볼 수 있을까요?

감당하기 힘들어서 정말 힘들다면 이 또한 지나가리라는 굳은 마음이 필요하지만, 무의식 속에 사소한 감정들이 파도처럼 밀려왔다

나가버리면 누구나 흔들립니다. 어제도, 오늘도 우리가 흔들렸다면, 나만 그런 게 아니에요.

우리를 불안하게 만들고, 홀로 선 나무와 같은 감정을 느끼게 할까요?

당신의 마음은 건강한가요?

결혼을 안 해도 불안하고, 결혼했어도 불안한 건 우리뿐만이 아니에요. 현대인들이 흔히 겪고 있는 심리 장애 중 하나가 바로 '불안'이기 때문이죠. 하루에도 수없이 밀려왔다 나가버리는 이러한 불안은 왜 생기는 것일까요? 칼 로저스 심리학자에 의하면 '반드시', '당연히', '절대로', '꼭' 등의 당위적 신념이 적을수록 행복하다고 했어요. 이러한 당위성 들은 결국 완벽주의와 강박성향으로 이어지기에 감정 챙김에 결코 좋은 영향을 줄 수 없기 때문이에요.

당위적 신념 속에 생기는 건강하지 못한 감정들

오늘도 얼마나 많은 당위성 속에서 살아가고 있나요? 아니면 지금 당신의 머릿속에는 또 얼마나 많은 당위성 들로 꽉꽉 채워져 있나요? 비혼주의라고 말하지만 한 설문조사에 의하면 [비혼주의자들도 결혼할 수 있다면 하고 싶다] 라고 답했어요. '그래도 결혼은 반드시 해야 해', '35살 전에는 임신을 해야만 해', '이왕 낳은 아이라면 최고로 키워내야 해', '내 아이는 반드시 SKY를 갈 수 있도록 키울 거야', '5년 안에 IN 서울 내 집 마련을 하지 못하면 실패한 인생이야' 이와 같은 당위성 들은 내 마음속에서 자리 잡고 있어요.

'나의 뜻대로 모든 일이 진행되어야만 한다'는 사고를 벗어나지 못함으로써 마음이 '나 힘들어' 라고 말하는데도 그 소리를 듣지 못하고 있다면 우리는 나의 감정 챙김이 필요합니다.

"그래도 이 정도까지는…."
"여기까지는 최소한 해야 하지 않아?"
"반드시 성공해야만 다음 단계로 갈 수 있어."

당위적 사고가 자신의 바람과 욕구를 일방적으로 희생시키면서 감정에 솔직해질 수 없도록 방해하기 때문에 정말 무서운 신념이 되어버리도록 두고 있지는 않나요? 이러한 당위적 사고의 피해는 나를 더욱 무기력하게 만들 수 있습니다. 현실을 외면하게 만들어버리기도 하고, 스스로 갖는 수치감 때문에 다른 사람들 앞에서 자신을 올바르게 비춰줄 수 없지요.

한 예로 "집에 있으면 깨끗이 청소하고 당연히 세끼 밥해야 하는 거 아닌가?"라는 당위적 신념이 있나요? 그런데 어떤 사람에게는 내가 좋아서 집을 깨끗이 정리정돈 하는 사람이 있지만 '해야 한다'는 생각이 높아서 하기 싫지만 억지로 하는 사람이 있어요. 이 둘은 엄연히 다를 수밖에 없죠. 좋아서 하는 것과 당위적 신념에 의해서 움직이는 것은 결과는 같을 수 있지만, 그 이후의 나의 감정은 극과 극에 놓이게 되기 때문이에요. 당위적 신념에 의해 움직였다면 무기력증에 빠져 청소기 한번 돌리기 위해 소파에서 일어나는 것 자체도 내 마음속 스트레스를 쌓아두는 행위이기 때문입니다.

당신이 엄마라면, 엄마인 우리의 당위적 신념은 생각보다 훨씬 많아요. 내 아이를 잘 키워야 해, 나는 집에 있으니깐 항상 집을 깨끗하게 해야 해, 아침밥은 꼭 차려줘야 해. 이런 당위적 신념은 버려도 돼요. 약속 시각에 늦으면 안 되지만, 늦어도 돼요. 아이에게는 건강한 음식을 먹여야 하지만 한두 끼 빵을 먹여도 아이 건강이 나빠지지 않아요. 그런데 누가 뭐라고 하는 것도 아닌데, 스스로 놓지 못하는 엄마들이 주변에 많이 있어요.

주말에 낚시를 간다는 남편에게, 나도 주말에 친구랑 브런치 먹으러 나갈 거라고 집안일은 일요일 둘이 같이 있을 때 하자고 말하고 토요일 역할을 한 개 놓고 밖으로 나가는 건 어떨까요?

Good-emotion (굿이모션)을 위한 긍정적인 자신의 관점

자신을 비참하게 하는 것은 자신이 행하는 그 무엇이 아니라 그것에 대한 자신의 관점이에요. 비극적인 것을 생각하고 그것을 지나칠 정도로 심각하게 여긴다면 결국 불안해지거나 우울해질 것이지만 반면에 같은 상황에 대해 유머러스한 관점을 택하면 쉽게 즐거워지고 그 상황을 즐기는 수준에도 이를 수 있게 되지요.

"난 나쁜 엄마인가 봐요…." 육아맘 · 워킹맘 모두가 가장 많이 하는 말이에요, 그런데 일하는 엄마에게 아이는 미안한 존재인가요? 아침을 시리얼로 주는 전업주부는 나쁜 엄마인가요? 아니에요. 엄마의 감정뿐 아니라 행동도 연습이 필요해요. 아이에게 3대 영양소로 차려주지 않아도 돼요, 함께 많은 시간을 함께하지 못해도 미안해하지 않아도 돼요. 아이는 열심히 사는 엄마를 통해 더 많은 정서적 동기를 받고 있을 테니까요. 다른 사람의 눈치를 너무 보지 말아요.

먼저 '바램(want)'과 '당위(must)' 사이의 충분한 시간을 가지고 무엇 때문에 자신 스스로 'must'라는 말을 하는지 들여다보며 스스로 변화하는 과정의 시간이 필요해요. 그래서 저는 당신의 감정 곡선이 good-emotion(굿이모션) 상태로 유지될 수 있기를 원해요. 왜냐하면, 당신이 건강하고 풍요로운 삶을 살기를 누구보다 응원하고 있어요.

05

나는 왜 매번 힘들까?

둘째가 태어나 밤중 수유로 정신없고 힘들 때 20대의 빛났던 시절이 자주 기억이 난 적이 있어요. 아이는 사랑스럽지만, 육아는 냉철한 현실이라는 걸 육아를 경험해본 사람이라면 누구나 공감하지요. '독박육아'라는 신조어가 남의 이야기가 아닌 나의 이야기였던 시절, 몸도 마음도 참 힘들었어요. 초등학교 저학년 이하의 자녀를 둔 70, 80년대 엄마들은 과거 부모세대보다 더 힘든지 모릅니다.

우리는 결혼 전에 꽤 괜찮은 여자였고, 생기가 넘치는 성취감 있는 일들을 경험했기 때문이에요. 남녀가 함께 공부하고 동등한 관계에서 경쟁하며 살아오면서 지금의 남편보다 부족한 교육을 받지도 않았고, 경쟁을 통해 당당히 살아남는 가슴 뛰는 삶을 살아왔는데 말이죠. 그런데 결혼 후 육아에 대한 부분은 아직도 엄마의 책임이 크기 때문에 상대적으로 느끼는 박탈감과 우울증이 더 크게 다가오고 있어요.

우울증과 무기력함에 빠진 엄마들을 강의 때 만나기도 해요. 30대 초반의 한 젊은 엄마는 일찍 결혼해 세 아이를 키우고 있었어요. 강의를 들으러 오는 시간조차도 아이들 때문에 많이 망설이다가 결국 지각을 하게 되었다고 해요. 그런데 그 엄마가 자신의 현재 상황을 이야기하면서 갑자기 울음을 터트렸어요. 함께 앉아있던 다른 엄마들과 저는 말하지 않아도 그 울음의 의미를 이해했어요. 세 아이로 인해 정신없고 바쁜데 마음이 허전하고 자신을 완전히 잃어버린 것 같다고 할 때 강의장에 함께 있던 우리는 그 마음이 무엇인지 너무 이해가 되었어요. 대부분 무엇부터 해야 할지 아무것도 모르겠다고 합니다.

'한 아이를 키우려면 온 마을이 필요하다' 라는 말처럼 아이는 함께 키운다는 의미에요 아이는 사랑스럽지만 사실 육아는 현실이기 때문이죠. 특히 난생처음 경험하는 육아는 ' 멘붕' 이라는 표현이 딱 맞아요. 아이가 나의 온 우주이지만 매일매일의 육아가 때로는 버겁고, 어느새 엄마의 모든 사회적 관계는 끊기게 돼요. 과거에는 온 마을이 함께 아이를 키웠습니다. 셋 이상의 아이를 키우면서도 많은 일손이 필요한 농사일도 가능했던 것도 마을이 함께 키웠기 때문입니다.

요즘은 1~2명만 낳아 키우지만, 육아가 너무 힘들다고 엄마들은 말합니다. 정말 힘들기 때문이에요. 바쁜 아빠, 도움받을 수 없는 상황이라면 독박육아가 맞습니다. 왜냐면 예전처럼 마을이 함께 키우지 못하기 때문입니다. 엄마 외에는 아이를 돌보거나 함께 키워줄 사람이 아무도 없어요. 독박육아에 지친 엄마, 용기 있게 육아휴직을 결심한 아빠, 부쩍 늘어난 황혼 육아를 몸소 겪고 있는 할아버지 할머니 등 아이를 키우는 양육자들은 외롭고 힘듭니다.

이런 현상 속에 몇 년 전부터 건강가정지원센터에서 운영하는 공동육아 나눔터가 문을 열었어요. 다양한 육아 경험과 정보를 공유할 뿐 아니라 지역사회가 함께하는 육아로 개별 가정의 육아 부담을 줄이겠다는 취지에요. 이러한 지원과 정책들이 더욱 늘어나 적어도 독박육아에 대한 두려움 때문에 아이 낳기를 거부하는 일은 없어지길 바라봅니다.

관계 육아를 위해 가져야 할 마음

그렇다면 독박육아에서 관계 육아를 위해 엄마가 가져야 할 마음은 무엇일까요?

첫 번째, 자신을 초라하게 바라보지 말아요.

나를 도와줄 사람은 아무도 없어, 남편도 내 편이 아니야, 온종일 애한테 시달리고 너무 우울해' 이런 생각에 자신을 가두지 말아야 합니다. 아이가 돌이 지났다면 하루 1시간 정도 아이와 함께 외출을 해보세요. 아이와 단둘이어도 괜찮습니다. 어차피 우리는 혼자가 아닙니다. 아이와 함께입니다. 집 근처 예쁜 커피숍에 가서 커피 한 잔 마시는 일부터 시작해보길 바랍니다. 그러다 보면 점차 활동 영역이 다양해집니다. 어린이도서관, 공원, 박물관 등.

물론 아이와 함께하는 외출은 쉽지 않습니다. 갑자기 아이의 컨디션이 좋지 않아 어떤 날은 바로 집으로 돌아오기도 하겠지만, 엄마도 아이도 익숙해지면 좋은 단짝 친구 같은 나들이가 될 수 있습니다. 자신을 가두지 말고 일단은 나가길 권합니다.

두 번째, 육아도 함께 나눌 마음의 친구가 필요해요

도움을 받을 수 있는 조부모가 가까이 있다면 축복입니다. 하지만 장점이 있다면 분명히 단점도 존재합니다. 조부모와 양육관의 차이로 갈등이 있는 집도 많아지고 있습니다. 나에게 없는 환경을 탓하기보다 방법을 모색해야 합니다. 가까이에서 같은 또래의 아이 엄마가 있다면 먼저 다가가 보길 권합니다. 그 엄마도 외로워하고 있을지 모릅니까요

하지만 한 가지 주의가 필요합니다. 옆집 아이 엄마는 나의 소꿉친구가 아니라는 사실이에요. 아이에 대한 공감과 이해를 나누지만, 남편이나 시댁의 험담을 나누는 사이는 결코 아니에요. 내 가족은 내가 지키고 예쁘게 가꾸어 간다는 마음이 꼭 필요해요.

세 번째, 엄마 자신의 '건강한 자존감'이 관계에서 가장 중요해요.

나는 어떤 사람인가요? 나는 우리 아이에게 어떤 존재인가요? 지금 이 시기는 나와 아이에게 어떤 시간이 되어줄까요? 똑같은 상황에 부닥쳐있어도 어떤 사람은 대수롭지 않게 씩씩하게 이겨나가지만 어떤 사람은 한없이 무너져 내립니다. 바로 자존감의 차이입니다. 자신을 소중히 여기고 자신의 감정을 합리적인 생각으로 조절할 수 있었으면 해요.

네 번째, 관계 육아를 위해 가장 먼저 좋은 관계를 맺어야 하는 대상은 남편입니다.

남편의 도움이 없이는 관계 육아는 불가능해요. 남편도 독박육아만큼 힘든 사회생활을 합니다. 지시보다는 요청으로, 불평과 짜증보다는 작은 감사나 인정하는 태도가 남편과의 관계 육아를 위해 필요한 태도에요.

육아는 혼자 하면 어렵습니다. 남편, 조부모, 옆집 엄마, 아이의 형제자매 등 많은 관계 속에서 이루어져야 합니다. 독박육아로 자신을 가두지 말고 아이와 엄마의 관계 속에서 함께할 수 있는 사람을 찾고 진심으로 도움을 구하고 함께 키워나가는 관계 육아가 되도록 노력해요.

06

아내가 자주 화를 내요. 남편들의 같은 고민

난 당신이 말만 하면 기분이 나빠!

"당신은 왜 운전할 때, 차선을 자주 바꿔?", "자기야, 요리할 때 레시피를 보고하는 거야 아니면 안 보고 하는 거야?", "애가 왜 존댓말을 안 쓴다고 생각해?", "돈을 관리는 하고 있는 거지?" 이런 말들은 제가 남편에게 자주 듣는 말입니다. 남편은 궁금해서 묻는다고 말하지만, 성인교육을 전문적으로 진행하고 있는 저는 차라리 몰랐으면 좋은 진실과 마주칩니다. 사실 저 말들은 질문의 형식을 갖추고 있지만, 의문문이라기보다는 상대방을 꾸짖거나 지적하고 싶은 마음이 작용해서 나온 말들입니다.

에릭번의 사람들 사이의 대화를 분석하고 그 분석을 통해 더 나은 대화(교류)를 만들고자 제안된 TA 교류분석 이론이 있습니다. TA 교류분석에서는 자아(마음)를 세 가지로 나눕니다. 첫 번째는 부모의 마음(Parent), 두 번째는 어른의 마음(Adult), 세 번째는 아이의 마음(Child)입니다. 부모의 마음이라고 하면 긍정적으로는 보호하려는 마음일 수 있으나 부정적으로는 혼내고 지적하고 가르치려는 마음입니다. 어른의 마음은 이성적인 마음으로 감정에 동요되지 않고 이성적으로 접근하는 매우 이상적인 상태입니다. 마지막으로 아이의 마음은 긍정적일 때는 명랑한 마음의 상태이지만, 부정적일 때는 소극적이고 수동적인 상태가 됩니다.

자 그렇다면, 저의 남편이 말한 앞의 질문들은 어떤 마음에서 나온 대화일까요?

남편의 질문: "당신은 왜 운전할 때, 차선을 자주 바꿔?"

남편의 속마음: (CP: Critical Parent/ 비판적인 부모) '차선 바꾸지 말고, 안전하게 운전해!'

남편의 질문: "자기야, 요리할 때 레시피를 보고하는 거야 아니면 안 보고 하는 거야?"

남편의 속마음: (CP: Critical Parent/ 비판적인 부모) '요리가 맛이 없어. 좀 찾아보고 해!'

남편의 질문: "애가 왜 존댓말을 안 쓴다고 생각해?"

남편의 속마음: (CP: Critical Parent/ 비판적인 부모) '애 좀 잘 가르쳐라!'

맞습니다. 부모의 마음 중에서도 부정적인 지적의 말이라고 생각됩니다. 물론, 어쩌면 긍정적인 상태로 알려주고 걱정하는 마음에서 확인하고 살피려는 마음이었을 수도 있습니다. 문제는 이런 부모의 마음 상태에서 이상적인 교류라고 하는 대화가 이뤄지는 상보 교류(상대방이 기대하는 상태의 반응을 해서 만족스러운 교류가 이뤄지는 상태)로 대화를 하기 위해서는 순응하고 따라줘야 맞는 교류가 됩니다. 그러나 문제는 바로 거기서부터 시작됩니다. 혼내려고 하는 말이라는 것을 알고 나면 더욱 순응하기가 싫어진다는 것입니다.

차선을 자주 바꾸는 것도 레시피를 챙겨서 보지 않고 요리를 하는 것도 사실은 늘 시간에 쫓겨 아이를 등원시키고, 고객사 미팅을 가고, 장을 보고, 아이를 찾고, 일해야 할 것이 산더미처럼 쌓여있는 것을 머릿속에 담고 있으므로 마음이 늘 급해서입니다.

아이에게 가르쳐야 할 것은 존댓말이 아니라, 한글과 수학과 양치질과 예절과 위생도 가르쳐야 해서 그 모든 것을 혼자 하다 보니 차마 예쁜 존댓말로는 가르치지 못했습니다. 돈을 잘 관리한다고 해도 늘 모자라는 것 같아서 죄인처럼 조용히 있는 이유는 아이를 기르며 들어가는 돈이 생각보다 너무 많고, 양가집에 부모님을 챙기는 경조사부터 일하느라 쓰이는 돈들과 집안의 모든 세금을 챙기는 일을 혼자 하는 제가 체계적으로까지는 하지 못하고 있기 때문입니다.

그래서, 저는 오늘도 남편의 작은 한 마디에도 그냥 화가 납니다. 부모의 마음으로 다그치는 남편에게 화가 난 어린아이처럼 아무 말도 하지 않고 대답도 하지 않습니다. 그리고 가끔 그 화를 누르지 못하고 짜증이나 화를 내버리곤 합니다.

경계심을 무너뜨리는 빵조각

저의 시아버님은 파주의 한 제책사에서 근무를 하십니다. 그 제책사는 큰 공장처럼 되어있는데 그곳을 전체 관리하시는 공장장 관리자로 오래 근무하셨습니다. 시아버님은 늘 그 공장에 개를 한 마리 키우시는데 이번에 가보니 그 전의 개는 없어지고 새로운 식구가 와 있었습니다. 처음 보는 사람들이 들어가니 영락없이 으르렁대고 짖

어대는데 새끼 강아지였지만 혹여나 물릴까 조심스러워지는 순간들이 많았습니다. 그 경계심을 무너뜨린 건 저의 아들이 가져온 작은 빵 부스러기였습니다.

그 강아지의 이름은 '대박' 이었는데, "대박아, 이거 먹어~"라면서 던진 빵 조각에 대박이는 으르렁대다가도 조심스럽게 강아지 집에서 나와 먹이를 집어 들고는 짖어대던 목소리가 조금 작아집니다. '아마도 너를 헤치지 않을 거야. 네가 배고플까 봐 이걸 가져왔잖아.' 이런 뜻으로 생각하지 않았을까요?

가부장적인 집안에서 자라난 남편은 늘 집에서도 "배고파, 밥 차려줘.", "뭐 마실 것 없어?" 혹은 "집안 정리 좀 해야 할 것 같은데?" 라고 이것저것 가사를 부탁하고 시키기를 잘 하는 편입니다. 남편이 워낙 출퇴근이 멀고 해외 출장이 많아서 집안에서만큼은 편하게 있게 해주고 싶은 마음도 있던지라 웬만하면 알아서 해주는 편인데도 이상하게 대놓고 뭘 해달라고 당당하게 말을 하면 오히려 더 해주기 싫어서 괜스레 "지금은 잠깐 쉬고 10분 있다가"라는 식으로 쉽게 대응해주지 않곤 합니다.

그런데 어느 날, 남편의 말투가 바뀌어서는 "마누라, 밖에서 일하고 오자마자 밥 차리고 집 치우고 하느라 힘들지 않아? 내가 좀 더 일찍 들어왔으면 내가 좀 차려놓고 하는 건데 출퇴근이 멀어서 일찍 오지도 못했네. 힘든데 밥 차리게 해서 미안해"라고 말하는 겁니다.

이것은 대박이에게 던졌던 빵조각과 같은 효과가 있었습니다. 이상하게 경계심이 풀리고 그래도 나를 도와주는 아군이라는 생각이 들면서 그날은 수저도 물도 내가 더 잘 챙겨주고 싶어서 몇 번을 왔다 갔다 하더라도 그렇게 알뜰히 챙겨주었습니다.

TA 교류분석에서는 어른의 마음을 가장 이상적으로 보고 늘 마음의 상태를 어른의 마음의 상태에서 대화하라고 합니다. 그런데 늘 감정이 휘감아 이성을 놓치고 대화하고 행동합니다.

어쩌면, 여자가 그렇게 화를 내고 으르렁대는 것은 방어기제일지도 모릅니다. 위에서 말한 어른의 마음으로 아내가 얼마나 힘들지를 이해하고 위로하고 달래고 챙겨준다면 여자도 공격적이고 위협적인 상태에서 이성적인 어른의 마음으로 돌아와 더 배려하고 정당하고 상냥하게 도움을 청할지도 모릅니다.

이성적인 어른의 마음이 되는 데 필요한 것은 어쩌면 경계심을 풀

작은 빵조각이 필요한지도 모르겠습니다. 그건 바로 고된 여자의 역할을 이해하고 인정하고 위로해주는 작은 말 한마디면 되지 않을까요?

07

워킹맘, 당신을 10년형에 처합니다.

편하게 살려면 미혼으로, 행복하게 살려면 결혼으로!

미운 오리 새끼라는 프로그램을 통해 오래전 유명했던 연예인을 한 명 보았습니다. 주병진이라는 남자 개그맨인데, 신사적인 이미지로 MC도 많이 보고 꽤 왕성하게 활동했던 분입니다. 그런데 그분이 미혼인 채로 지금까지 지내고 있는 모습을 보고는 박수홍이라는 남자 개그맨이 그 집에 찾아가서는 '롤모델' 이라는 표현을 쓰면서 럭셔리한 집의 인테리어를 둘러보며 감동하는 장면이 나옵니다. 근데 이때 주병진 씨가 말합니다. "수홍아, 근데 나는 이제 50이 넘고 60을 바라보면서 후회한다. 편하고 좋긴 한데, 행복하지가 않아. 편하게 살려면 미혼으로 살고, 행복하게 살려면 결혼해!"

전적으로 동감하는 말입니다. 결혼 후 행복한 일이 많습니다. 안정적인 심리를 가지고 외롭지 않고 사랑하는 아이가 생겨서 웃음을 주면서 집안에 생기가 돋기도 하니까요. 그런데 이 행복이라는 것을 훔친 죄로 아마도 불편함을 감수해야 하는 것 같습니다.

친하게 지내는 한 언니는 딸 둘을 키우면서 맞벌이를 했습니다. 저의 롤모델과 같은 언니인데 그 언니가 딸이 10살쯤 되던데 저에게 전화해서 이런 말을 했습니다. "내가 보니까 애들 10살쯤 되기 전까지가 힘든 거 같아. 너 아기 몇 살이지? 3살? 7년만 참아!"

저는 아이가 "3살이 되면 편해지겠지. 걸어다니니까"라고 생각했다가 걸어 다니면서 오히려 수시로 붙어서 허리를 굽히고 쫓아다니는 일로 더 힘들어졌습니다. 그럼 6살이 되면? 뭐가 힘들지? 궁금했는데 지금 6살을 보내며 한글을 가르치고 뭐든지 "왜? 왜 그런데? 이게 뭔데?"라고 묻는 아이에게 하나하나 모두 답해줘야 하는 일로 힘이 듭니다. 이제는 초등학교 입학하면 적응시키고 친구를 만들어주고 학습의 기초를 만들어주는 것으로 힘들다고 합니다.

정말 10년이 걸리나 봅니다.

10년 후, 난 뭘 할 수 있을까?

평균 30세 초반에 출산한다면 10년 후면 40세 초반입니다. 그런데 점점 출산을 늦게 하는 경향이 있어서 최근에는 39세인 제 친구들이 올해 출산한 친구가 두 명이나 있습니다. 그렇다면 그 친구들은 10년 후면 50세가 됩니다. 애들을 적당히 키운 후 우리는 무엇을 할까요?

앞에서 10년 후면 살만하더라는 이야기를 전해준 언니의 경우는 다니던 직장을 그만두고, 취미로 하던 운동을 본격적으로 시작해서 자격을 갖추고 운동클럽 사장님이 되었습니다. 애들을 키우고 잊고 있던 자신을 찾겠다며 시작한 운동으로 전문가가 되고 오히려 가족들의 응원으로 일에 전념할 수 있는 환경에 감사하며 즐겁게 일하고 있습니다. 몸매도 예전보다 더 훌륭한 몸매를 갖추고 자신감이 넘치는 모습입니다. 10년간 보지 못했던 영화도 한 맺힌 사람처럼 한 달에 두세 번씩 심야 영화를 보고 집으로 귀가합니다. 그 날은 아이들도 남편도 엄마가 문화생활 하는 날로 생각하고 알아서 잠자리에 든다고 합니다. 이 얼마나 영광스럽고 감동을 주는 장면인지 모릅니다.

육아의 불편한 형벌 10년 후면 정말 자유롭게 많은 걸 다시 찾을

날이 올까요? 그렇다면 그 날을 위해서 무엇이라도 준비해야 하지 않을까요?

'감옥 안 있어도 창문 밖의 햇살과 바람을 볼 수 있다면 그곳은 감옥이 아니다.' 라고 책에서 읽은 적이 있습니다.

행복을 위한 불편함의 감수가 10년이라면 그렇다면 어쩌면 10년 뒤 멋진 내 모습을 그려보는 건 어떨까요?

결혼 INSIDE 전문가 인터뷰 ①

주현정

전 양궁 국가대표선수

"금메달리스트, 엄마가 된 이후 바뀐 활의 과녁"

2008년 베이징올림픽 양궁 금메달리스트, 주현정 전 국가대표 선수, KBS 해설위원
#팀워크 #태릉선수촌 #임산부 선수 #입덧하며 5천만 국민 앞에서 활 쏴봤나요?

■ 우등생 프로필

KBS 양궁 해설위원

2008년도 베이징올림픽 양궁 단체 금메달리스트

최초의 국가대표 태릉선수촌 임산부 선수, 유부녀 궁녀

■ 우등생의 자기소개

저는 2008년도 베이징올림픽 양궁 단체 금메달리스트라고 많이 얘기합니다. 은퇴는 2014년 아시안 게임이고, 2015년 운동에 대해 고민을 하면서 2년은 공백기를 가졌습니다. 사실 공백기라기보다는 그 당시 저는 아이가 있다 보니까 올림픽을 준비하면서 아이와 떨어져 있는 시간도 많아서 아이와 함께 많은 시간을 보내고 제 몸을 회복하는 데 시간을 보냈죠.

2008년 베이징올림픽 양궁 금메달리스트 주현정 전 국가대표 선수

■ **저자들이 만나본 우등생**

2008년 베이징올림픽 양궁 금메달리스트 주현정 전 국가대표 선수를 만났다. 환하게 웃으며 들어오는 그녀는 엄마가 가장 바쁜 초등학교 1학년 아들을 키우는 워킹맘이다. 인천아시안게임, 금메달을 양보한 아름다운 배려 뒤에 숨겨진 주부 궁사 국가대표뿐 아니라 엄마로 성장해왔던 주현정의 결혼 이야기를 나누었는데, 남편에 대한 애정과 신뢰 그리고 그것에 대한 표현 그리고 아이에 대한 사랑과 감사함을 느끼며 많은 반성을 했다. '적어도 우린 입덧하면서 5천만 국민 앞에서 활을 쏘진 않았지' 라는 작은 위안도 되었다.

■ 행복한 결혼생활 우등생 인터뷰: 주현정 금메달리스트

Q1. 은퇴할 당시 국내 최초 주부 궁사였다. 은퇴 후 삶이 궁금하다.

25년 동안 규칙적인 생활을 하면서 운동을 해왔는데 마음을 다잡는 데 2년 걸렸어요. 운동을 그만두고 우울증이 왔었어요. 아이, 어깨 아픈 것 모든 것이 다 남편 때문인 것 같고 아이를 보면 죄책감에 눈물이 났었어요. 저에게 양궁이 전부인데 은퇴하고 억지로 끌려가서 선택된 모든 상황의 원인이 남편이라 생각하며 우울증이 왔죠.

저는 초등학교 때 운동을 좋아해서 시작하게 되었어요. 어려운 것보다 재미있고 즐거워서 해왔는데, 어느 순간 운동을 하면서 돈을 생각하고 성적에 얽매어있고, 성적을 쫓아가는 그런 선수가 되어있더라고요.

그러다가 어깨부상이 왔어요. 그 부상을 통해서 여러 가지 시선이 생겼어요. 운동이 안 된 후배들이 보이기 시작하고, 어깨 아픈 후배들이 많이 있는데 제가 도드라져 있어서 나만 아프다고 생각했구나 싶었어요. 양궁에서 많은 분께서 지도자를 하고 계세요.

주변 분들은 지도자를 해야 하지 않겠냐고 하는데 저는 누구의 자리를 빼앗고 싶지는 않아요. 제가 즐겁게 했던 양궁이 효자종목이지만 비인기 종목이라서 일반인들이 접하기 힘든 운동이다 보니까 내가 양궁을 남들에게 알릴 수 있는 것이 무엇일까 고민하게 되었어요.

대한양궁협회에서 여자양궁 메달리스트들의 모임인 명궁회 모임이 있어요. 현역선수와 은퇴한 선수들이 재능기부 형태로 양궁을 알리고 학교 등 다양한 곳에서 강연하기도 했어요. 또 파이 빅스(양궁용품 제조업체)에서 교육팀 팀장으로 일을 했어요.

마케팅, 세미나, 교육업무 등 퇴근도 너무 늦고 집에 빨리 가야 7시 반이었고 국내외 출장도 많았어요. 생각보다 일이 많아지다 보니 아이 때문에 점점 고민이 되기 시작해서 현재는 관두었어요.

Q2. 임신 사실을 태릉선수촌에 있을 때 알았다고요?

남편은 후배였어요. 같이 훈련할 기회가 있었는데 남편과 친해지게 되었어요. 그때 저의 사투리를 고쳐주겠다면서 매일 저녁 7시에 전화통화를 하자고 하더라고요. 그때는 이성으로 느껴지지 않았지만, 시간이 지나면서 편안해지고 이해심이 많아서 좋았어요. 그렇게 결혼까지 하게 되었습니다.

임신 사실을 런던올림픽을 준비하던 태릉선수촌에 있을 때 알게 되었어요. 그 당시 저의 인생 목표는 런던올림픽이었는데 덜컥 아이가 생겨버려서 '올림픽이냐, 아이냐' 선택을 해야 했어요. 제가 운동선수로 늦게 승승장구를 하고 있었기 때문에 아이는 나중에라도 가질 수 있으니까 메달이라는 목표가 더 중요하다고 생각했어요. 그런데 초음파로 아이를 만나고, 아이의 심장 소리를 듣고 나서는 아이의 생명과 건강을 지키는 게 중요하다고 생각했죠. 그래서 선발전에서 일부러 떨어져야겠다고 생각했어요. 사실 입덧 때문에 활을 쏘기가 힘들었는데 마음을 비워서 그런지 성적이 좋았어요. 선발전에는 나가지 않았지만, 팀(현대모비스)에서는 입덧이 멈추고 성적이 나오니 아이에게 고맙고 더 아이를 지켜야겠다는 확신이 생겼어요.

주현정 전 국가대표 선수

그때부터 또 다른 고민이 생겼어요. 이제 아이를 키워야 하는데 어떻게 해야 하지? 시댁은 김포, 친정은 전라도, 남편은 인천, 저는 용인에 있었어요. 아이를 키워야 하는데 정말 운동을 그만둬야겠구나. 아이는 희생이라는 걸 알게 되었죠.

양가 부모님께 아이를 봐줄 수 있는지 물었는데 시댁은 집에 들어와 살라고 하시고, 친정은 먼 전라도로 아이를 보내야 했어요. 그때 실업팀 입단 때 친언니같이 지낸 친한 언니가 같은 아파트에 살았어요. 언니가 "내가 너의 아이를 봐줄 테니 너는 운동을 더 해라"라고 적극적으로 밀어주었어요. 그래서 운동을 계속할 수 있었어요. 사실 언니는 이미 두 아이의 엄마이기도 했는데, 제 아이를 셋째로 여기며 가족보다 더 든든한 지원군이 되어준 사람이에요.

Q3. 아이 엄마로 대표팀에 다시 합류했다. 과정이 쉽지 않았을 것 같다.

저는 활을 빨리 쏘고 자기관리를 잘하는 선수였는데 아이가 있다 보니 관리가 제대로 되지 못했어요. 어깨가 점점 심각해졌지만, 시합 때 결과가 좋게 나오다 보니 스테로이드제 주사를 맞으면서 운동을 했어요. 어깨가 아프니까 아이를 안을 수 없었어요. 울면 지쳐 잠들 때까지 그냥 둘 수밖에 없었어요. 아이를 2주에 한 번씩 보면서 3년을 보냈어요. 그러다 보니 아이가 애착 불안증세가 시작되었어요. 손가락을 빨고, 물어뜯고, 불안하면 서서 쉬하고 그랬는데도 냉정하게 뒤돌아서 훈련장에 가고 그랬어요.

2014년 아시안 게임 때 어깨가 가장 심각한 상태였어요. 활을 쏠 수 없을 정도가 된 거죠. 제 몸은 안 좋아지고 아이는 딱 4~5살이 된 거죠. 상처가 보이지는 않지만, 엄마가 아픈 걸 아이가 아니깐 "엄마 아파?" 하면서 대일밴드를 붙여주고, 제가 시합을 가야 해서 10일 넘게 못 올 때면 저에게 "즐겁게 가서 쏘고 와"라고 하더라고요.

제가 그때 사실 멘탈이 굉장히 힘들었는데, 아이가 금메달을 따고 오라고 하지 않고 엄마보고 즐겁게 쏘고 오라고 하는 게 너무 신기하고 고마웠어요. 그때 부담의 크기가 너무 크고, 불안했어요. 인천아시안게임이 우리나라에서 하니깐 주변의 모든 사람은 잘하라고 하는데 아들만 즐겁게 하고 오라고 하는 거예요.

Q4. 힘든 과정 속에 인천 아시안 게임을 준비했는데 후배에게 출전권을 양보했다고요?

저는 팀워크를 중요하게 생각해요. 그 당시 함께 뛴 선수들의 공통목표는 인천 아시안 게임 첫 단체 금메달이었어요. 근데 그때 제가 많이 불안했어요. 팔을 들지도 못할 정도로 어깨가 많이 안 좋았어요. 다들 열심히 준비해왔는데 후배는 떨어져서 울고, 저는 붙었지만, 마음이 아파서 울었어요.

몇 년간 아이와 떨어져 지내면서 앞만 보고 달려온 시간이었고, 진통제 맞고 조금만 참으면 된다고 주변에서 말렸어요. 메달의 색깔은 알 수 없고, 최악의 결과는 메달을 못 딸 수도 있지만, 팀원들과 4년을 준비했는데 나의 불안요소가 경기에 영향을 미치면 안 되겠구나.

그날 숙소에 들어가서 선수들과 먼저 상의했어요. 어깨 아픈 걸 잘 아니까 내가 쏘는 것은 올바르지 않은 것 같다. 누가 쏘건 같은 메달이라고 생각한다. 그래서 비록 떨어졌지만 컨디션이 최상이었던 후배 이특영 선수가 쏘면 더 좋을 것 같다고 했어요. 결국, 단체전 금메달을 땄어요.

2008년 베이징올림픽 양궁 금메달리스트 주현정

내가 의도하려고 해도 되지 않는데 후배들이 리더인 나를 믿어준 점이 너무 고마웠어요. 그래서 올림픽보다도 아시안 게임이 더 값진 기억이에요. 운동을 그만두면서 아쉬운 점이 있다면 후배들을 자주 못 보는 것이 아쉬워요.

Q5. 양궁선수 주현정 vs 아내 엄마 주현정

선수는 인성보다는 개인의 성향을 조절하고 단체에 맞춰서 협동심을 우선시하는 것이 중요하다고 생각해요. 지나치게 자존감이 낮아서도 안 되고 지나치게 튀어도 안 된다고 생각해요. 또 "괜찮아. 잘할 수 있어"라는 말을 진심으로 받아들일 수 있어야 한다고 생각해요. 개인의 인성보다는 마인드 컨트롤이 정말 중요하다고 생각해요.

어느 날 아들이 친구가 개똥이라고 놀렸다고 속상해했어요. "지훈아, 개똥이라고 놀리면 속상하지? 그렇지만 중요한 건 네 마음이야. 네가 괜찮다고 생각하면 괜찮은 거야. 그러니까 속상해 하지마."라고 운동에서 배운 마인드 컨트롤을 육아에도 적용해요.

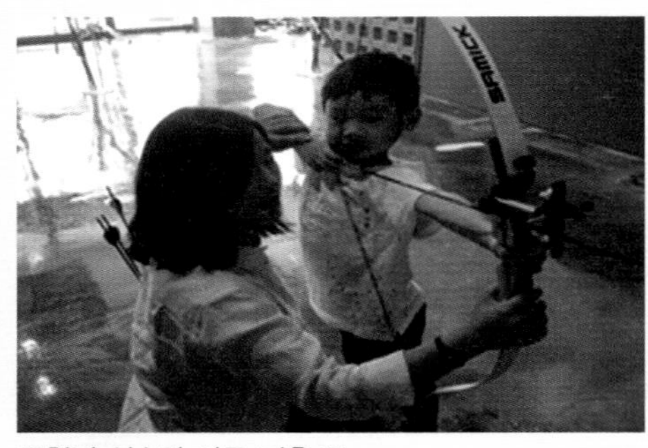
주현정 선수와 아들 지훈 군

아이에게 엄마의 멘탈케어 능력은 너무 중요한 능력이라고 생각해요.

몸이 더 안 좋아지는 것을 느끼면서도 저는 제 목표만 생각했던 것을 알게 되었어요. "내 가족"을 잊고 지낸 시간이었어요. 아이와 많은 시간을 보내야겠다. 아이에게 다시 오지 않을 시기를 놓치면 안 되겠다 생각하고 그만두었어요. 지금도 항상 아이한테도 고맙고 남편이 현역선수인데 늘 고마워요. 엄마인데도 아이를 떼어 놓고 운동하는 것도 다 배려해 주었으니까요.

남편에게는 애인이 되고 싶고, 아이에게는 친구이자 여자친구가 되고 싶어요. 10년째 주말부부예요. 서로에게 친구 같고 애인 같은 하나의 공동체를 이루고 싶어요. 남편이라고 해서, 내 아이라고 억지로 하고 싶지 않아요.

가끔 제가 아이한테 화내고 그러죠. "빨리해! 빨리 안 와!" 이렇게 아이에게 소리 지르고 나면 아이는 부정적으로 바뀌더라고요. 저도 육아가 처음이다 보니까 서툴러요. 그런데 아이에게 맞추려고 많이 노력하죠. 혼낼 때는 정확하게 혼내고 평소에는 남자친구처럼 지내요. 제가 일하면서 아이도 같이 커가는 것 같아요….

■ 엄마 주현정 선수의 향후 계획이 궁금합니다

지금은 국민체육진흥공단 수업, 대한양궁협회 수업, 레슨, 특강을 하고 있어요. 향후 제 이름을 건 아카데미를 하고 싶어요. 실내 양궁체험장은 200여 개가 넘지만, 실제 경기처럼 야외에서 전문가가 운영하는 곳은 아직 없어요. 시간이 다소 걸리더라도 제가 그리는 모습은 양궁이 학교체육에서 생활체육으로 가는 거예요. 그래서 가족 단위로 아빠와 아이가 종목으로 변화하는 데 이바지하고 싶어요.

그리고 무엇보다도 운동 때문에 많이 떨어져 지냈던 아들 지훈이와 즐겁게 지낼 예정이에요. 저도 앞으로의 저의 모습이 무척 기대돼요.

주현정 선수와 아들 지훈과 남편

■ 우등생에게 배운 점

그 누구도 결혼도 육아도 살림도 어렵지 않을 사람은 없습니다. 블랙홀 같은 인생에 빠졌습니다. 많은 것이 빨려 들어가고 그 안에는 무엇이 있는지도 모릅니다.

여자의 인생이 흔들리고 있어요. 그런데 주현정 선수는 말합니다. '멘탈이 중요해요. 개인의 역량보다 우선시되는 건 협동심이에요. 할 수 있다는 말을 진심으로 받아들일 수 있어야 해요. 중요한 건 내 마음이에요. 누가 뭐라고 해도 내 마음을 다스리는 것이 중요해요'

올림픽이냐, 아이냐
선택을 해야했어요

아이의 심장소리를 듣고
아이를 지켜야겠다는

확신이 들었어요

Calligraphy design by 민우

편하고 싶으면
혼자 살고
행복하고 싶으면
결혼해 살아라

행복이랑 맞바꾼
거대한 불편함

Calligraphy design by

PART 02

결혼 후,
번아웃된 여자들의
감정 읽기

자기 일보다 아이와 가정을 챙기느라
직장에서 밀려나는 마음에 늘
그렇게 마음이 아픕니다.
아이에게 최선을 다하지 못한 것 같아서
마음이 그렇게 아픕니다.

01

지나가는 바퀴벌레만 봐도 웃는 시절, 신혼

사랑이 뭐길래

서른 즈음, 저희 친정은 제가 다니던 직장과 거리가 먼 곳으로 이사를 하였습니다. 마침 결혼을 준비하면서 저는 남편이 사는 자취방인 사당의 반지하 월세방에서 3개월 먼저 남편과 남편의 여동생과 함께 생활했습니다. 반지하 방의 창문으로는 길거리 사람들의 신발이 보였으며, 고양이 털이 뭉게뭉게 굴러 들어오기도 했습니다. 마침 한여름 8월부터 10월 결혼식까지 3개월간 지내는 기간은 폭우로 인해 하수구와 세탁실은 물이 차서 양동이로 물을 퍼내기도 해야 했습니다. 당연히 바퀴벌레도 사사 삭 소리를 내며 눈에 보이지 않는 공포까지 연출해 주기도 했습니다. 그런데, 그때는 그 상황이 그렇게 재미있고 불편하지 않았습니다. 그 말로만 듣던 열악한 신혼생활 하지만 창대한 미래가 있다고 생각되었으니까요.

다행히도 작지만 깨끗한 새 빌라로 신혼집을 얻게 되었고, 신혼은 더 달콤했던 것 같습니다. 그렇게 한 해 두 해 지나면서 살림도 불고 월세에서 전세 그리고 자가로 내 집을 얻어서 장만하기까지 다행히도 오래 걸리지 않았습니다. 남편 덕분에 그사이 아이도 생겼고 차도 생겼습니다. 그런데 왜 우리는 서로 신혼 때처럼 더 사랑하지 못하는 걸까요?

사랑에 빠진다는 것은 뭘까? 환희, 어색함, 행복, 집착, 혼란, 열정, 피곤. 셀 수도 없이 많은 감정이 개입되는 게 사랑입니다. 그러니 뇌에 영향을 미치는 것은 당연하겠죠? 우리의 뇌와 몸은 사랑으로 인해 발생하는 열정과 환희 같은 기분을 형성하기 위해 여러 가지의 이상한 변화를 겪습니다. 물론 안 좋은 변화도 있겠지만요.

허핑턴포스트 US의 8 Crazy Things Love Does To Your Brain, According To Science의 기사를 번역해보면 사랑을 이렇게 설명합니다.

1. 사랑에 빠지면 호르몬이 갑자기 치솟는다. 처음 사랑에 빠지면 소위 말하는 사랑 호르몬이라는 옥시토신, '쾌락 호르몬' 도파민, 그리고 섹스 호르몬 에스트로젠과 테스토스테론이 방출된다. 또 심장을 뛰게 하는 아드레날린도 상승한다. 이런 다양한 호르몬이 급증하면서 흥분, 매력, 환희 등을 느끼게 되는 거다.

2. 사랑은 중독될 수 있다. 사랑하는 사람과 절대 떨어지지 않겠다는 집착을 한 적이 있는가? 그런 집착이 좀 지나치다고 생각할 수도 있겠지만, 사실 사랑은 중독이기 때문에 그런 일이 일어난다. 신경과학 연구에 의하면 사랑은 실제로 마약 같은 역할을 한다고 하는데, 코카인 중독이 활성화하는 뇌 체계가 사랑할 때도 똑같이 작동된다.

3. 사랑은 인간의 생체에 아편과 같은 작용을 한다. 그렇다. 헤로인이나 다른 아편성 진통제처럼 '좋아하는' 뭔가와 관련된 뇌 부분과 사랑은 이어져 있다. 과학자들은 이것이 가장 적합한 짝을 찾는 진화론적인 역할을 했을 거로 추측한다.

4. 사랑에 빠지면 세로토닌이 급감한다. 사랑에 빠진 사람의 세로토닌 수치가 낮다는 연구 결과가 있다. 그런데 세로토닌 수치 저하는 강박 장애와도 연관이 있다. 즉, 사랑하면 집착하게 된다는 뜻이다.

5. 사랑에 빠지면 사물에 집중이 안 된다. 사랑에 빠지면서 이 생각 저 생각에 정신이 나간 자신을 발견한 적이 있을 거다. 신경과학자들은 열렬한 사랑의 감정과 집중이 겪는 변화는 인식 조절 능력 저하와도 관련이 있다고 말한다.

6. 사랑은 공감하는 능력과 감정을 관리하는 능력을 향상할 수 있다. 사랑과 친절을 목표로 하는 명상은 뇌의 공감 형성과 감정관리 체계를 작동하는 동시에 자기 집착적인 생각을 낮추는 것으로 증명됐다.

7. 사랑의 단계에 따라 뇌도 변한다. '인간 신경과학 프런티어' 저널에 실린 연구에 의하면 MRI로 한 사람이 빠져있는 사랑의 단계를 분별할 수 있다. 사랑에 빠지면 뇌 보상중추가 활발해지는 반면 해어질 땐 활동이 저하된다고 한다.

8. 사랑에 한 번 꽂히면 뇌 안에 영원히 남을 수 있다. 어느 2011년 연구에 의하면 장기간 행복하게 사는 부부들과 새로 사랑에 빠진 사람들 뇌의 일부에서 유사한 활동이 일어난다. 그런 뇌 부분을 연구함으로써 오랫동안 행복하게 사는 부부들의 비밀을 밝힐 수 있을 거라고 연구자들은 추측한다. 그러니 결론은, 사랑은 영원할 수도 있다.'

이 기사의 내용을 기반으로 보면 사랑은 생화학적으로는 뇌 변연계에서 분비하는 페닐에틸아민(phenyl ethylamine)이 작용하는 상태인데, 이것은 천연 암페타민의 일종인 각성제이다. 사랑의 페닐에틸아민 분비는 유통기한이 있어서, 일반적으로 2년을 넘기지 못한다는 것입니다. 그 기간이 지나면 놓았던 정신을 다시 잡게 된다는 이야기입니다.

결국, 결혼 후 우리의 뇌와 몸은 우리가 흔히 말하는 '사랑' 이라는 감정은 덜 해지고, 이성이 더 해진다는 것입니다. 그때부터 많은 현실파악을 하기 시작합니다. '여기는 어디, 난 누구일까?'

02

자기야,
나 뭐 변한 거 없어?

'Red' 의 다른 이름: 카드뮴 레드, 퍼머넌트 레드, 카민

어제는 미용실에 갔습니다. 디자이너 선생님이 새로운 남자친구가 생겼다면서 3개월째 교제 중이라며 신이 나서 이야기를 풀어 놓습니다. 두 달은 매일 가게 앞으로 데리고 오고 보지 말라고 해도 오던데, 3개월째 되는 이번 달은 매일 오지는 않는다면서 이렇게 점점 둔해지는 건 아닌지 걱정된다는 말도 했습니다. 전에는 중요하지 않던 일이 중요해진 것도 아니고, 왜 남자들은 다 변하는 거냐면서 결혼하면 더 심해지는지를 내게 물었습니다. 저는 결혼 7년 차, 그냥 고개를 끄덕이고 미소를 보여드리고는 말았습니다. 제가 머리를 C컬, S컬, 커트, 애쉬브라운 염색 등 기교를 부려도 알아내지 못할 남

편의 모습과 그저 '파마했나?' 라는 범주 안에서 모든 시술이 묶이고 '얼마 들었어?' 라는 질문으로 효율성과 효과성이 평가되는 무서운 순간을 맞이해야 하니까요.

연애만 같은 신혼이 지나고, 결혼이 현실로 느껴지는 순간이 옵니다. 사랑의 감정을 공부해야 하는 순간입니다. 이때부터 사랑은 화학의 단계는 끝나고 사회학의 단계로 넘어가게 되는 것입니다. 같은 이름의 '빨강(Red)' 이라고 하더라도 미세하게 많은 '빨강' 이 존재하듯, 사랑도 이름은 하나이지만 많은 종류의 사랑이 존재한다는 것입니다.

그렇다면 사랑이라는 이름으로 불리는 여러 개의 개념을 구분해서 나누고 그에 따라오는 감정도 알고 있다면 평생의 동반자이자 친구이며 연인인 상대방에게 사랑이라는 이름으로 서로를 괴롭히고 억압하지 않고 서로를 아끼고 배려해 주는 사랑의 관계를 형성해 나갈 수 있지 않을까요? 그리고 자신의 감정이 사랑의 옷을 입고 있지만 벗어야 할 옷이라면 용기 있게 벗어 던지고 멋진 새 옷을 입을 수 있지 않을까요?

소크라테스는 사랑의 종류를 다음과 같은 말로 정리합니다. "인간은 〈에로스〉에 의해 태어나고 〈스토르게〉에 의해서 양육 받으며, 〈필리아〉에 의해서 다듬어지고, 〈아가페〉에 의해서 완성된다"

에로스(Eros)

이성 간의 사랑을 뜻합니다. 정신적인 사랑보다는 육체적 사랑이 강조된 단어인 듯하네요. 종족 번식을 위한 본능적인 모습의 사랑입니다.

프로이트는 에로스를 2가지로 분류했는데 성의 본능이 작용할 때에는 '리비도' 라는 표현을, 자기보존의 본능이 작용할 때에는 '자아리비도' 로 표현했네요.

필리아(Philia)

Friendship, 우애 등으로 번역될 수 있는 사랑입니다. 상대방이 잘 되기를 바라는 순수한 바람이 담긴 마음이네요.

스토르게(Storge)

오랜 관계로 알고 지내면서 무르익는 사랑입니다. 네이버 지식백과에 따르면, 스토르게 사랑은 우정이나 연민 같아서 서로 편한 관계를 유지하기 때문에 사랑이란 말을 하기도 어색한 사이라고 합니다.

아가페(Agape)

절대적인 사랑을 뜻하는 말이에요. 한없이 자비로운 사랑으로 조건 없고 일방적인 사랑을 가리키는 말입니다. 기독교에서 말하는 하나님의 인류에 대한 사랑이라 합니다.

사랑의 '낡은 옷'을 버리고, '새 옷'을 입자.

열렬한 사랑의 스토리를 가지고 드라마같이 결혼한 친구가 한 명 있습니다. 결혼한 지 10년이 넘은 오래된 친구입니다. 최근 모임 때 우스갯소리로 남편을 이야기했습니다. "난 저 인간 행복한 꼴 보기 싫어서, 내가 하려던 것, 할 수 있는 것도 일부러 안 해". 그 말에 친구들은 모두 배꼽을 잡고 있고, 신혼인 친구들은 정말 결혼하고 오래되면 그럴 수 있냐면서 나는 정말 그러지 않을 것 같다고 그리고 나이 들어서도 지금처럼 행복하고 사랑하고 싶다고 말합니다. 정말 그것은 불가능할까요?

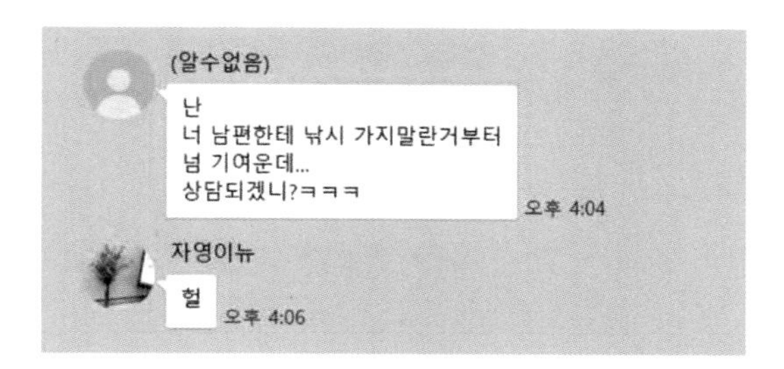

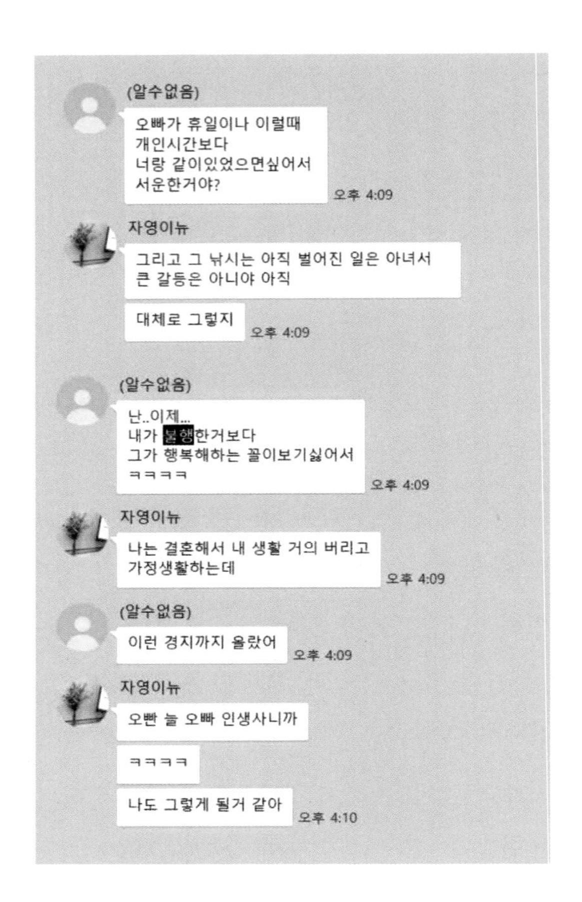

앞에서 말한 허핑턴포스트 US에서는 오래되었지만 사이좋은 부부들을 연구한 결과 육체적 사랑 호르몬이 작용하는 사례를 많이 발견했고 그들을 통해 궁합이 좋은 부부가 되기 위한 비밀을 밝히고자 한다는 글을 보았습니다. 그 결과 2년의 사랑의 호르몬이 지나고 시

들해 지지만 다시 상대에게 반하고 사랑에 빠질 수 있으며 중요한 것은 그 시기가 잘 맞는 사람들끼리 오랫동안 궁합이 좋다고 볼 수 있다는 것이었습니다. 그렇다면, 늘 신혼일 수 있는 방법은 상대방의 사랑의 상태에 맞춰 나도 배려하고 기다리고 상대의 좋은 면을 보려고 발맞추는 호흡인 것 같습니다.

가끔 배우자와의 소원함으로 속상해하는 여자들을 보게 됩니다. 이들에게 남편만 바라보지 말고 다른 것에 관심을 가지라는 충고를 많이 합니다. 이는 현대의 신경 생리학자들의 충고와도 통합니다. 우울증에 빠진 사람은 자신과 관심 있는 상대방만을 바라본다고 합니다. 이때 정신의 건강은 객관적인 눈으로 세상을 바라보게 될 때 비로소 회복된다는 것입니다. 나의 낡은 사랑의 옷을 벗어 던지고, 에로스의 옷이 낡았다면 필리아로 우애의 옷으로 배우자와 호흡하고, 스토르게로 손잡고 걷고 그러다 다시 에로스의 옷을 수선해 새로 '함께' 갈아입는 현명한 여자가 되는 건 어떨까요?

03

여자, A급 감성을 버리고 B급 감성을 택한다

현모양처가 꿈이었던 나의 지난날을 버리다.

저는 어렸을 때부터 제 마음 깊숙이 결혼을 하면 굉장히 멋진 아내의 역할을 해낼 것으로 생각했고, 주변 친구들 역시 가장 현모양처다운 캐릭터를 가지고 있다고 생각했습니다. 그렇게 20대까지 보냈고 30이 되자마자 그 마음으로 결혼을 했습니다.

그런데 요즘 동창 모임을 하면 확연히 제가 현모양처는 못될 그릇이라는 생각이 듭니다. 쓰레기 분리수거도 잘하지 못하는 것 같고, 딱히 살림을 뛰어나게 하거나 육아에 탁월함이 있지도 못하고, 집안 가계를 알뜰하게 챙기면서 이상적으로 절약하는 아내상도 아니라는 생각이 들면서입니다. 무엇보다 남편 말에 순종하고 나긋나긋한 애교 많은 아내는 더욱 아니기에 지난 과거의 '현모양처'의 꿈은 그 역할을 잘 몰랐을 때 감히 그것이 나와 잘 맞는 배역이라는 착각을 했던 것으로 정리했습니다.

그러고 나니 한결 편안합니다. 굳이 멋진 엄마, 현명한 아내의 역할을 하지 않아도 된다는 것을 알게 된 지 얼마 되지 않았습니다. 그것을 어떻게든 하려는 노력이 마음의 병을 키우고 그 병이 나를 자주 화나게 만들고 억울하다고 생각돼서 우울하게 되기도 했습니다.

A급 감성은 남을 맞추는 감성이고, B급 감성은
자기 자신을 찾는 거야.

오늘 저녁 유세윤이라는 개그맨이자, 감독이자, 광고회사 대표이자, 가수가 티브이에 스승으로 나오는 프로그램을 보게 되었습니다. 집사부 일체라는 프로그램이었습니다. 그 프로그램에서 유세윤을 크레이티브 디렉터로 스승으로 모시고 이야기를 듣는데, 서울대 물리학과 출신인 이상윤이 눈을 크게 뜨며 놀라는 장면이 몇 장면 나왔습니다. 사실 저 역시 그 장면에 큰 충격을 받았고 삶의 지혜는 지능으로 알 수 없는 깨달음을 주는 더 깊고 넓은 영역이라는 생각이 들었습니다.

유세윤은 B급감성 콘텐츠로 유명합니다. 그런 그가 이야기합니다. "A급 감성은 남에게 맞추는 감성이고, B급은 자기 자신을 찾는 것이죠." 그리고, 많은 역할을 하는 그에게 어떻게 그 많은 것을 하냐고 묻자 또 대답합니다. "저는 많은 걸 하죠. 그중에서 예를 들면 음악은 놀이라고 생각하고 해요. 다른 것들도 즐기면서 하죠. 그래서 음악 앨범도 1곡을 만드는데 30분이나 1시간이 걸리기도 해요. 그렇게 만들면 어설프지 않냐고 묻는데 저는 어설픈데 올려요. 하하하" 그렇게 만들어진 곡이 '이태원 프리덤' 이라고 합니다. 사실 가장 많이 사랑받는 노래죠.

머리를 한 대 맞은 것처럼 울림이 있었습니다. 늘 우리는 왜 절약하는 아내, 다소곳하고 저녁상을 직접 차리는 아내, 설거지와 집 안 청소를 구석구석 잘하는 아내가 되어야 하는 걸까요? 현모양처라는 A급 감성에 맞춰서 부족한 나를 탓하면서 그렇게 훌륭한 현모양처도 못되면서 늘 화가 나고 남편에게 바가지를 긁는 건 아닌지 후회하는 아침을 맞이하고 있었을까요?

유기농 재료로 MSG를 넣지 않는 미덕을 A급 감성으로 생각하고 아이의 교육을 직접 해서 사교육비를 아끼고 존댓말을 하는 예의 바른 아이를 양육하는 아내가 되려고 부단히 노력할까요? 그게 나와 맞는 기준인지도 모른 채로 남들 모두 그렇게 해야 한다고 말하니까 그렇게 몰려간 건 아닌지 모르겠습니다.

남들이 조금 부족하다고 '왜 저래' 라고 할 수도 있지만, 저는 B급 감성의 여자로 살려고 합니다. 나의 자기 성장을 위한 교육과 운동을 위한 시간을 마련하기 위해 MSG를 넣더라도 요리 시간을 줄이려고 합니다. 존댓말을 가르쳐서 우아한 가족은 못되더라도 친구처럼 편한 엄마가 돼보려 합니다. 저보다 훌륭한 한글 선생님들 통해서 1년 동안 되지 않던 한글 떼기가 6개월 만에 편하게 되었습니다. 앞으로 더 좋은 선생님을 찾아주는 것으로 엄마의 역할을 해보려 합니다.

콩나물값을 깎으며 절약하지 못하는 대신 맞벌이하면서 짜장면이라도 시켜줄 마음의 여유를 가져보려 합니다. 무엇보다 현모양처로 살기 위해 A급 감성을 장착하려 노력하기보단, B급 아내 · 엄마로 살더라도 행복한 아내 · 엄마로 살면서 개인적으로도 행복함을 느끼며 행복을 공유하는 행복한 여자가 되기로 합니다. 그렇게 마음이, 감정이 조금 더 건강해 짐을 느낍니다.

04

언어의 장벽에 부딪힌 우리 부부

3개국어 하는 가족

주말 저녁이면 늘 같은 일상적인 장면이 연출됩니다. 아침이나 점심은 간단히 먹어도 주말 저녁은 집에서 잘 차려진 밥상을 기대하는 보수적인 대한민국의 평범한 가정입니다. 거실 한가운데 티브이가 켜져 있고, 여자는 요리하느라 분주하고 남편은 소파에 누워 티브이를 봅니다. 아이는 혼자서 장난감을 가지고 놀다가 요리하는 엄마를 보챕니다.

아이: "엄마, 엄마는 악어가 좋아? 사자가 좋아? 뭐 할래?"

남편: "자기야, 내가 월급 많이 줘서 고맙지? 좋지?"

아내: "미안한데, 나 수저랑 젓가락만 좀 가져다주면 안 돼?, 거기 식탁 한 번만 닦아주면 안 될까?"

서로 하고 싶은 말만 하고 상대방이 들어주지 않아서 마음이 상합니다. 아이는 아이대로 남편은 남편대로 아내는 아내대로 그 누구도 내 말을 이해하고 들어주는 이가 없어 외로운 주말 저녁입니다. 그렇게 7년째가 되어 갑니다. 이렇게 10년을 더 살아갈 수 있을까요? 점점 외로워만 집니다.

'영어 포기자' 는 되더라도, 가족어는 배우자.

최근 세계적인 석학들이 모여 세바시라는 프로그램을 통해 초대되었습니다. 글로벌컨퍼런스에 초대된 학자 중에는 게리 채프먼 박사가 있었고 그는 '다섯 가지 사랑의 언어' 에 대해 프로그램을 진행했습니다. 저는 그의 책을 사서 읽어보며 우리 가정의 3개국어에 대해 이해할 수 있었습니다.

그의 이론을 빌려 이야기하자면, 사랑을 느낄 방법은 5가지 표현(언어)을 통해 이뤄진다고 합니다. 그 다섯 가지는 인정, 선물, 함께하는 시간, 봉사, 스킨십이라고 합니다.

첫 번째, '인정의 말' 이라고 합니다. "사랑해" 칭찬, 의미 있는 말을 듣는 것입니다.

두 번째, '함께 보내는 좋은 시간' 입니다. 서로에게 무엇보다 집중하고 관심을 가지는 것을 중요하게 생각하나요? 그렇다면 텔레비전을 끄고 핸드폰을 치우고 어떤 것에도 방해받지 않으며 둘만의 시간을 보낸다면 사랑받는다고 느낄 것입니다. 이 경우에는 상대방이 무엇을 하고 싶은지 추측하기보다 상대방에게 무엇을 하고 싶은지 물어보고 데이트하라고 합니다.

세 번째, '선물' 입니다. 선물은 사랑, 배려, 노력을 보여줍니다. 선물의 가격보다 선물의 뒤에 담긴 배려를 말합니다. 생일 혹은 기념일을 지나쳐 버리거나 성의 없는 선물은 상처를 줄 수도 있습니다.

네 번째, '봉사' 입니다. 집안일이나 용무를 해주어 책임감과 부담을 덜어주거나 쓰레기 내다 버리기, 설거지하기 등 간단한 용무도 이 사랑의 언어 봉사에 해당합니다. 이런 것을 중요하게 느끼는 타입의 연인에게는 약속을 어기고 게으름을 피우는 것도 사랑받고 있지 못하다고 느끼게 할 수 있다고 합니다.

다섯째, '육체적인 접촉' 입니다. 성관계뿐만 아니라 포옹, 손잡기, 배려심 있는 접촉, 상대방이 당신 곁에 있는 것이 중요하다고 느껴지시나요? 그렇다면 이것도 당신의 사랑의 언어가 될 수 있습니다.

위의 다섯 가지 사랑의 언어에 관해 책을 읽고 난 후, 저는 같은 한국 하늘 아래 한 공간 안에서 같은 한국어를 사용하고 있었지만, 마음 안에서 이해되지 못하는 것은 바로 마음이 이해하지 못하는 다른 언어를 사용하고 있었다는 것을 느꼈습니다.

아이는 함께하는 시간이 사랑입니다. 남편은 인정하고 칭찬하는 것이사랑입니다. 저는 봉사와 배려를 통해 책임을 다하는 것이 사랑입니다. 그러니 서로 공감도 되지 않고 이해도 되지 않아 답답하기만 하고 외로웠던 것 같습니다.

가끔 여행을 가서 낯선 도시에서 낯선 언어를 사용하는 외국인과 잠시라도 대화를 하다 보면 아주 쉬운 대화도 답답함을 느끼면서 외로움을 느끼게 되었던 기억이 있습니다. 그럴 때 여행 가이드가 와서 "화장실 찾으세요? 이쪽입니다."라고 말해주기라도 하면 그렇게 반갑고 의지가 되었습니다.

결혼하고 신혼 때 보디랭귀지를 쓰고 급하게 사전을 뒤져서라도 상대방의 대화를 알아듣고자 노력하던 열정이 지나고 마음의 여유가 없는 우리는 어쩌면 새로운 언어를 배우는 번거로움 때문에 포기하고 있었던 건지도 모릅니다. 하지만, 영어 포기자는 되더라도 가족과의 사랑의 언어만큼은 포기하지 말아야 할 것 같습니다. 여자의 '외로움' 의 감정은 어쩌면 언어 한 개를 배움으로써 평생 친구를 사귈지도 모르니까요.

내일은 '인정' 언어로 남편에게 "월급 많이 받아와서 고맙다고, 한 달 동안 고생했다고" 하루를 시작해보려고 합니다. 그리고 아이에게는 '함께하는 집중의 시간' 으로 "사실 엄마는 악어보다는 사자가 좋다"고 말해주려 합니다. 그리고 그들에게 "나를 사랑한다면 밥그릇은 각자 들고 가고 다 먹으면 설거지통에 넣어줘"라고 부탁해 보려고 합니다. 그렇게 하루에 한 문장씩 외우다 보면 어쩌면 능숙하게 3개국어를 숙달할 수 있지 않을까요?

05

육아, '갑툭튀' 이건 뭐죠?

육아, 얼마짜리 일이지?

저는 사회생활을 비서로 첫 시작을 했습니다. 그때는 약 15년 전으로 초봉이 1800만 원 정도였던 기억입니다. 그렇게 3년쯤 뒤, 2400만 원 정도에서 매년 10% 정도씩 상승하며 7년 정도 되었을 때는 4000만 원 정도였습니다. 일할 때 이런 보상은 분명 큰 동기부여가 됩니다. 매월 퇴사 욕구를 잠재우는 월급날이 존재하기에 그렇게 한 달씩 1년을, 3년을 넘기며 직장생활을 할 수 있는 것으로 생각합니다.

그런데, 그렇게 보상으로 주어지지 않는데도 불구하고 성심성의

껏 해야 하는 일이 바로 가사인 것 같습니다. 작년 2018년 10월의 통계청이 조사한 기록을 보면 성별 무급 가사노동가치를 비교했을 때 남자 24.5%, 여자 75, 5%로 집계가 되었는데, 이 기록을 경제적 가치로 환산해 보면 남자가 347만 원, 여성이 1077만 원으로 측정이 되었습니다. 이는 맞벌이 가족 기준이었기에 기존에 본인의 연봉에서 가사업무가 더해지는 것으로 보면 됩니다.

여기에 육아가 더해지면 어떻게 되는 걸까요? 육아를 외부 전문가에게 맡겨서 한 달을 부탁한다면 보통 한국인 베이비시터를 기준으로 200만 원 정도 됩니다. 1년이면 2400만 원입니다. 그렇다면, 남자가 연봉 6000만 원이라고 했을 때, 여자가 4000만 원을 벌고 있고 가사와 육아를 대부분 여자가 한다면 여자의 연봉은 7000만 원이 넘어가게 됩니다.

굳이 누가 더 많이 버는지를 이야기하려고 하는 것은 아닙니다. 그리고 부부 사이에 수입의 우열을 가리는 것은 의미가 없습니다. 다만, 여자가 가사와 육아를 지나치게 많이 부담하고 있다는 것을 보여주고 싶었습니다.

우리나라 맞벌이 부부의 가사노동시간은 여자가 남자보다 7배 이상 많다는 연구 결과가 나왔습니다. 18년 11일 서울시여성가족재단이 발간한 '기혼여성의 재량시간 활용과 시간 관리 실태연구' 보고서에 따르면 맞벌이 부부의 가사노동에 있어서 성별에 따른 격차가 큰 것으로 나타났습니다.

육아하면서 가장 아픈 곳

최근 육아신문의 한구석에 이런 기사를 보고는 시어머님과 친정엄마가 생각났습니다.

> **쉴 틈 없는 직장인 여성…퇴행성 관절염 '속수무책'**
>
> 퇴근 후에도 집안일로 쉬지 못하는 여성들은 관절 질환에도 자유롭지 못하다. 통계청에 따르면 2014년 기준 맞벌이 여성의 하루 평균 가사노동시간은 3시간 13분으로, 이는 직장인 여성들은 집에 돌아와서도 설거지, 청소 등 집안일에 시달리고 있다는 뜻이다. 가사노동으로 인한 대표적인 근골격계 질환은 관절염으로 그 수도 매년 증가해 2013년 231만8094명이었던 여성 퇴행성 관절염 환자는 2017년 256만3295명으로 약 24만 명 증가했다.

출처 : No. 1 육아신문 베이비뉴스(http://www.ibabynews.com)

시어머님도 친정엄마도 퇴행성관절염으로 고생을 하고 있는걸 자주 보았습니다. 그게 아마도 우리를 키우시느라 고생하셨다는 생각에 죄송스럽기까지 했습니다.

육아라고 하면 아직 자녀가 없는 부부들 혹은 미혼자분들은 어디까지 생각할까요? 육아의 영역은 신체적인 것에서부터 정신적인 부분까지 모두 육아의 영역으로 포함해야 한다고 생각합니다. 그럼 육아를 위해서 알아야 하고 마음을 먹어야 하는 부분은 어디일까요?

정신적인 부분에서 가장 큰 부분은 '자유를 잃는 것' 입니다. "영화를 보고 싶다.", "자고 싶다.", "쉬고 싶다" 는 육아를 하는 여자들에게 허락되지 않은 욕구입니다. 이전처럼 쉽게 친구와 연락하고 친구를 만나는 것에서부터 혼자서 즐기던 목욕탕이나 영화관까지 모두 최소 10년은 겨우겨우 부모님의 힘을 빌려 잠시 가능한 정도이니까요. 육아 집중기간인 1년 정도는 본능에 가까운 수면조차 3시간 주기로 방해받기 일쑤입니다. 이렇게 1년만 더하라고 한다면 독립군 투사라 하더라도 동지들의 이름을 마지못해 부를 수도 있다고 생각합니다.

신체적인 부분에서 육아로 가장 힘든 것은 '어깨와 허리' 입니다. 승모근이 마치 도마뱀처럼 얼굴과 이어져서는 어깨와 등 근육이 땅겨집니다. 이유는 바로 아기 띠를 매고, 아이를 안고 무거운 짐을 늘 어깨에 메고 다녀야 하기 때문입니다. 실제로 위의 기사처럼 근골격계 질환이 많이 일어난다고 합니다. 게다가 가사일까지 해야 하므로 늘 서서 일하기에 무릎부터 손가락 모든 마디에 퇴행성관절염이 자리 잡습니다.

그런데, 제가 생각하기에 가장 아픈 곳은 '마음'인 것 같습니다. 육아하면서 늘 노심초사 아이 걱정에, 부모님께 아이를 부탁하고는 늘 죄스러운 마음에, 자기 일보다 아이와 가정을 챙기느라 직장에서 밀려나는 마음에 늘 그렇게 마음이 아픕니다. 그렇게 대상 없이 누군가를 미워하고 그러면서 아이에게 최선을 다하지 못한 것 같아서 마음이 그렇게 아픕니다.

그런 세월을 지낸 우리 어머님들은 손이 휘어서 발가락이 휘어서 부끄러움에 어디 손을 잘 내보이지 못하고 숨기면서 마음이 또 상합니다. 그렇게 엄마는 늘 마음이 가장 아픕니다.

06

가성비 갑은 결국 친정엄마

종일반을 넘는 온종일만

무한 경쟁 시대, 수능시험의 경쟁이 가장 큰 줄만 알고 살았던 시대였습니다. 요즘은 취업이 힘들어서 취업경쟁으로 다들 힘들어하지만 저는 취업은 그렇게 힘들지 않게 다행스럽게 지나온 것 같습니다. 그런데 아이를 낳고 위기를 느끼는 경쟁이 한 번 있었습니다. 그건 바로 어린이집 경쟁입니다.

실제로 어린이집의 종류는 사설 어린이집과 국공립 어린이집이 있습니다. 5세가 지나면 어린이집이냐 유치원이냐를 정하고, 유치원도 일반유치원이냐 영어유치원이냐를 가립니다. 저는 이 체계적이고 경쟁이 심한 세계를 모르고 넋 놓고 친정엄마만 믿었습니다.

그런데, 자신하던 친정엄마도 4개월 만에 직장에 복귀한 저를 보내고 집에 남은 만 1년이 채 안 된 아이를 혼자 보는 게 여간 어려운 일이 아니었나 봅니다. 한 달 만에 두 손을 들고서는 어서 어린이집을 알아보라고 하셨습니다. 그렇게 급하게 알아보니 국공립은커녕, 사설 어린이집도 구하기가 어려웠습니다. 그렇게 해서 그나마 구한 것이 아주 작은 가정형 어린이집의 1자리였습니다. 그것도 차로 두 정거장은 데리고 가야 하는 곳이었습니다.

그렇게 아이의 종일반을 넘어선 온종일만 육아가 시작되었습니다. 어린이집에는 오전 7시 30분 제가 출근하는차 카시트에 태워 등원시킵니다. 아직 어린아이라서 3시 정도면 친정엄마가 바톤 터치를 하고 저녁 8시까지 봐주십니다. 그러면 제가 데리러 와서는 집에 데리고 갑니다. 그렇게 몇 년을 하고 지금은 출장이 있는 며칠은 친정엄마 집에서 아이가 자기도 합니다.

그런데 이런 경우가 많지 않다고 합니다. 아이를 봐줄 누군가가 옆에 살고 있지 못하는 경우, 9시까지 출근하기 위해 7시 30분에는 맡길 곳이 필요하고, 6시 퇴근하고 오더라도 7시까지는 봐줄 곳이 필요하기 때문입니다. 문제는 그 외의 야근이나 출장은 더 이상 어린이집에서 해결이 되지 않습니다. 누군가를 갑자기 고용하기도 여간 힘든 일이 아닙니다. 결국, 어린이집은 종일반으로, 그리고 온종일 반이 필요한 시기가 옵니다.

가성비 Good!, 가심비 Bad!

아는 남자 강사님이 한 분 계십니다. 그분은 맞벌이하고 있는데 아내도 많이 늦기 때문에 중국 동포 출신 베이비시터를 쓴다고 하셨습니다. 연세가 좀 있는 분인데 가사와 육아를 같이 해주시고 가끔은 아이에게 중국어를 가르쳐 주기도 한다면서 만족해하셨습니다.

사실 한국인 베이비시터를 쓰는 것은 200만 원 정도를 월급으로 지급해야 합니다. 그래서 차선책으로 보통 120~130만 원 사이로 외국인 베이비시터를 많이 고용합니다. 하지만 아이들의 언어나 정서를 생각하니 조금 불편한 분들이 많다고 합니다. 그런데 친정엄마나 시어머님에게 맡기면 보통 100만 원~120만 원 사이라고 합니다. 비용은 비슷하다고 생각할 수 있으나 가족에게 맡기면 시간제한이 없고, 주말 기회나 출장도 가능하다는 장점이 있습니다. 사실상 가성비만큼은 최고입니다. 보통 아이만 봐주지도 않고 반찬도 해주시고 가끔 청소도 해주시면서 그 누구보다 안심되는 베이비시터입니다.

그런데, 문제는 가성비는 좋지만 가심비는 좋지 않을 수 있다는 것입니다. 제 친구는 쌍둥이를 낳고 친정엄마가 아이를 봐주는데 1년에만 두세 번 엄마와 싸운다고 합니다. 아이 둘 보는 일이 여간 어려운 일이 아니라서 친정엄마도 쉬고 싶을 때가 있으시고 차라리 사람을 쓰라고도 부탁도 하실 만큼 마음과 몸의 피로도가 높은 일이기 때문입니다. 그러나 그럴 때마다 친구는 회사 연차를 쓰고 나와서 엄마를 다독이고 사정하고 울기도 하면서 부탁도 한다고 합니다. 쉽게 사람을 쓸 수도 없으며 쌍둥이를 맡기려면 돈이 두 배로 들어서 외부 베이비시터는 생각도 못 하는 일이라고 합니다.

퇴근길 늘 죄인의 마음으로 달려가고, 출근길 늘 죄인의 마음으로 문을 닫고 나옵니다. 회사에서도 늘 눈칫밥이지만 집안에서도 친정을 가서도 늘 눈치를 살피며 죄인처럼 어깨를 굽힙니다.

07

당신이 밉지만 '당신이 필요합니다'

아카데미 시상식, 성공한 사람들의 이야기

2019년 아카데미 시상식은 여러 가지 사회의 변화와 시대상을 보여주곤 합니다. 이번에 작품상을 받은 '그린북'이라는 영화는 인종차별에 대한 사회인식을 아이러니하게 보여주는 시나리오로 아카데미 시상식의 최대반전 수상작이라는 타이틀을 얻었습니다. 그 안에 수많은 배우와 감독들의 성공을 눈으로 볼 수 있습니다.

문득, 1992년 아카데미 시상식과 2005년 칸영화제 등 수많은 시상식에서 수상한 '스타워즈'와 '인디아나 존스' 영화로 유명한 조지 루카스 감독의 한 인터뷰를 본 기억이 납니다. 그는 1973년 수상을 시작으로 지금까지 30년이 넘도록 수많은 수상을 하며 성공 가도를 달리는 한 감독 중의 한 명입니다. 스타워즈를 모르는 사람은 아무도 없으니까요.

그는 인터뷰에서 이렇게 이야기합니다.

"저는 수많은 사람의 성공을 지켜보았습니다. 그리고 나 역시 성공한 사람이라고 불릴 수 있는 다양한 영화제에서 수상하는 기쁨을 누리기도 했습니다. 그런데 그 성공한 사람들이라고 불리는 사람들에게는 공통점이 있다는 것입니다. 그것은 바로 경쟁하고 상대를 누르면서 성공한 것이 아니라, 상대방을 올려주고 그러면서 자신도 올라가는 성공의 방식을 선택했다는 것입니다.

그것은 원시시대부터 인간들이 사용하던 방식입니다. 사람은 처음부터 모여 살기 시작했습니다. 서로를 위해 배려하고 서로의 안전을 지켜주며 그렇게 함께 살아가는 방법을 익혔습니다.

그래서, 저 역시 저의 주변 사람들이 성공하기를 진심으로 바라고 그들이 성공하도록 돕습니다. 그것이 바로 저의 성공이기 때문입니다. 그렇게 받은 기쁨은 다른 기쁨과는 비교할 수 없습니다."

출처: https://www.youtube.com/watch?v=Hqp9LcgE_Yk/ 유튜브 조지 루커스의 진부한 비밀

시대가 변화하지만, 변하지 않는 것이 있다면 그것은 무엇일까요? 이런 것을 삶의 진리라고 말하지 않을까요? 저는 문득 그런 생각

이 들었습니다. 우리는 그렇게 모여 살기 위해 가족이라는 단위로 모여서 살고 있습니다. 그런데도 가족 안에서 '함께' 하지 못하고 함께 서로의 성공과 행복을 위해 노력해 주지 못한다면 어쩌면 진리를 역행하여 불행으로 가는 길을 걷고 있는 것일지도 모릅니다. 여럿이 사는 것은 분명 불편함과 때론 불리함이 있을 수 있습니다. 그런데도 함께한다는 것은 더 잘 살기 위함이 아닐까요?

그럼에도 불구하고, 사람이 모여 사는 이유는 함께 '행복' 하기 위해서입니다.

인생의 숫자를 배우다.

어린이집을 다니는 7세 아들은 어느덧 10을 넘는 숫자를 읽을 수 있게 되었습니다. 사실은 20까지도 셀 수 있고, 중간중간 50, 51, 52…. 다음 60을 넘겨서 80으로 가기도 하지만 100이라는 개념까지는 곧잘 따라서 세곤 합니다. 그런데 이게 파랑반(7세) 아이들 사이에서 학습시간 서열이 생긴다고 합니다. 아직 10까지만 셀 수 있는 아이와 20까지 셀 수 있는 아이 그리고 100을 셀 수 있는 아이까지 말입니다. 아마도 아주 작은 사회가 구성되고 그 안의 서열이 생기게 되는 작은 에피소드란 생각이 들었습니다.

이런 에피소드를 통해 글을 쓴 작가가 한 명 있습니다. 한국인이 사랑하는 작가 중 한 명인 베르나르 베르베르라는 작가입니다. 2008년 '나무' 라는 책 안에 작은 이야기로 들어가 있던 '수의 비밀' 이라는 꼭지가 있습니다. 10년 전임에도 불구하고 그때 읽고 나서 받았던 충격으로 세상을 보는 시야가 한번 깨지고 더 넓어진 것을 느꼈습니다.

만약 20 이상의 수는 존재하지 않는 세상에 산다면, 그 세상은 어떤 모습일까? 대부분 사람은 10의 장벽을 넘지 못하고, 15 이상을 셀 줄 아는 사람은 사람들의 존경을 받는다면?

이런 출발점에서 시작한 이야기입니다.

'8 더하기 9는 17이라는 수의 신비를 깨닫고 감격하는 주인공 뱅상은 20 이상의 수는 존재하지 않는 나라의 엘리트 신관입니다. 사람이 너무 아는 게 많으면 미쳐버릴 수 있다는 대신 관은 뱅상에게 9 더하기 9의 비밀을 알려주는 대신, 이단자가 되어 도피 중인 네 명의 신관을 잡아 오라고 명령합니다.

대신관의 명령을 받아 이단자를 잡으려는 뱅상은, 그들에게서 놀랍고도 신비한 수의 신비를 깨우치게 됩니다. 그것은 바로, 태어나자마자 배우는 수를 넘어선 숫자들입니다.

그 세상에서는 태어나자마자 수를 배웁니다.

1은 하나요. 우주이다. 시작이며 끝이다.
2는 사랑이요. 조화이고, 분할이며 경쟁이고, 흑백이며 충돌이다.
3은 입체요. 삼각형이고, 1과 2는 관찰자가 된다.
....이렇게 10까지 세면서 삶을 배웁니다.

여기까지가 모두가 알고 사는 세상의 이야기입니다. 그런데 주인공 뱅상은 배운 자로 17까지 알고 있던 자이고, 대신관의 일을 처리해주며 18이라는 절대 숫자를 알게 된 주인공입니다. 그런데, 그가 이단자를 잡기 위해 그들을 쫓으며 알게 된 진실은 다소 충격적입니다. 바로 세상에는 20 이상의 숫자가 있으며 100 이상을 넘어 무한의 개념까지 알게 된 자들이 바로 그 이단자들이었던 것입니다. 그들은 더 큰 세상 그리고 더 큰 자유를 추구하고 즐기는 자들이었습니다.'

이렇게 이야기는 흐르고 결론은 더 큰 깨달음을 얻은 이들이 세상의 질서를 무너뜨릴까 무서운 10의 수호자들은 그들이 더 많이 알지 못하도록 숨기고 더 많이 아는 자들은 지하에 숨거나 모른 체하고 사는 세상을 살아간다는 어쩌면 이 세상의 권력을 비꼬는 이야기이거나 혹은 삶의 진리에 관해 이야기하고 싶은 것이었을 수도 있다는 생각이 듭니다.

우리가 살아가다 보면 내 시선으로 주변을 의식하고, 내 안에서만 살아가다 보면 행복에 대한 정의를 그저 여자로서의 다양한 역할을 당연한 숙제처럼 수행하고, 그 짐의 무게를 함구하고, 비밀을 지켜내면서 10이라는 숫자까지만 알고 살아가는 무지를 견뎌내며 살고 있는지도 모르겠습니다.

더 큰 세상이 있습니다. 자신의 감정을 표현하고 주변 사람들에게 공유하고 소통하는 삶을 통해 나의 울타리를 넓히고 시야를 넓힐 필요가 있습니다. 엄마로 아내로 그리고 나 자신으로 살아갈 수 있는 더 큰 숫자의 세상이 분명 존재합니다. 가족 안에서 함께 모여 살며 행복의 더 큰 숫자를 지향 필요가 있습니다.

가족은 함께 더 큰 행복을 추구하고 누리기 위해 함께 학습합니다. 1을 시작으로 10을 넘어서 20을 도전하고 30을 모험하고 50을 이겨냅니다. 그렇게 100까지 우리는 더 큰 행복을 함께 배우고 알아갈 수 있습니다.

때로는 엄마와 싸웁니다. 때로는 남편과 싸웁니다. 그리고 가끔 아이에게 소리도 칩니다. 그렇게 때로는 당신들이 밉습니다. 그런데 그럼에도 불구하고 나는 당신들이 필요합니다. 내가 더 큰 세상으로 더 큰 숫자를 품게 하는 당신들이 밉지만 나는 당신들을 통해 성장하나 봅니다.

육아 '갑툭튀'

남편 '넌센스'

살림 '가성비'

저녁반찬 가성비 따지면서 화내지 말고
내 감정 가심비 따지면서
마음부터 챙기자

Calligraphy design by 민주

결혼 INSIDE 전문가 인터뷰 ②

정은경

'코칭맘', '사이다 육아상담소' 작가

"우리 아이와 함께 행복한 육아"

좋은 선택을 이끄는 코칭맘, 정은경 작가

#코칭맘 #성장 #사이다 #육아전문가 #행복한 결혼생활의 노하우

■ 우등생 프로필

'코칭맘', '사이다 육아상담소' '실패하지 않는 신혼 재테크' 3권의 육아 서적 작가

■ 우등생의 자기소개

2016년 3월에 '좋은 선택을 이끄는 엄마, 코칭맘'을 출간하고 전국적으로 학교, 도서관, 백화점 문화센터를 다니면서 학부모를 대상으로 강의를 했어요. 수많은 엄마를 만나면서 다양한 질문에 대한 답변과 이론이 아닌 현장에서 고민하는 내용을 담아 두 번째 책을 출간하게 되었죠.

엄마들과 소통하며 육아로 힘들어하는 부분을 위로해주고 새로운 대안을 찾을 수 있도록 도와주는 일을 하고 있어요.

사실 저는 영어 강사로 오랫동안 일해 왔어요. 그러면서 엄마의 자녀교육에 대한 가치관과 가정문화가 아이가 성장하는데 얼마나 중요한 것인가를 많은 사례를 통해서 경험할 수 있었죠. '사이다 육아상담소' 책을 통해서 아이들의 기질과 인성, 학습, 영어 교육법에 관한 내용을 담았어요. 더욱 행복한 아이들로 키우기 위해 엄마가 어떻게 양육해야 하는가에 관한 내용이에요.

■ 저자가 만나본 우등생

정은경 작가를 삼성동의 한 카페에서 만났다. 밝고 환한 미소를 지닌 저자는 인터뷰 내내 가족에 대한 사랑과 부부 대화의 중요성을 강조했다. 목소리는 부드럽고 편안했지만, 육아와 결혼생활에 대한 작가의 생각을 이야기할 때는 확신에 찬 따뜻한 조언을 아낌없이 이야기해주었다. 여자로, 엄마로, 아내로 지칠 때 커피 한 잔 마시며 대화 나누고 싶은 따뜻한 카리스마를 지닌 정은경 작가였다.

■ 행복한 결혼생활 우등생 인터뷰: 정은경 코칭맘

Q1. 닉네임 코칭맘의 의미가 궁금하다.

[코칭맘]이라는 이름으로 블로그를 통해서 만나고 있어요. 아이들을 가르치는 일을 오랫동안 해왔는데 아이들과 수업을 하면서 조금 더 주도적으로 영어를 좋아하고, 엄마가 시키거나 선생님이 시켜서 하는 학습이 아니라 '영어가 재밌어!, 영어가 하고 싶어!' 어떻게 할 수 있을까를 고민하다 학습 코치 과정을 알게 되었어요.

그런데 코칭이 너무 매력적이었죠. 그래서 한국코치협회 에서 하는 전문코치 자격증을 취득하고 학생들, 엄마들, 특목고 강좌, 자녀 자존감 높이기 활동을 같이 겸해오고 있어요.

사실 코칭과 코치는 저의 삶의 일부예요. 영어는 어떤 도구기는 하지만 무슨 일이든 코칭(대화의 기본, 공감, 상대방에 대한 이해)이 삶의 틀인 것 같아요.

코칭맘이라는 단어는 육아에 대한 정답과 해답이 없는데 아이마다 다르고, 가정마다 다르지만 코칭이라는 도구를 통해서 엄마가 아이의 잠재력을 끌어내 주고, 공감해주고, 우리 아이가 정말 잘하는 것이 무엇일까를 앞에서가 아니라 옆에서 뒤에서 끌어주는 조력자라는 의미에요.

코칭맘, 정은경 작가의 저서 "사이다 육아 상담소", "실패하지 않는 신혼 재테크"

Q2. '사이다 육아 상담소'는 어떤 책인가.

'좋은 선택을 이끄는 엄마, 코칭맘' 은 전체적인 육아에 관한 책이었어요. 그를 통해 강의장 문화센터에서 만났던 엄마들은 대부분 영유아 엄마들이셨어요. 그분들의 질문을 듣다 보면 굉장히 구체적이고 일상생활에 관한 것들이었어요. 예를 들어 우리 아이 대소변은 언제 시작해야 하나요? 우리 아이 영어학원은 언제 다녀야 하나요? 이런 질문들이 매우 많았어요. 그래서 두 번째 책은 강의하면서 만나는 엄마들의 사례를 바탕으로 만들어진 책이에요. 아무래도 조금 더 타깃팅이 되었어요.

엄마의 중심이 바로 서고, 엄마의 삶이 굉장히 중요해요. 육아는 길면 20~25년(자녀가 성인이 되는 시점)인데 그 이후의 기간이 너무 길죠. 그러니 엄마가 나의 자존감, 나의 일, 나의 세계, 나의 무엇이 있을 때 오히려 육아가 덜 힘들다고 생각해요. 저는 고3인 아들이 있는데요. 사실 저희 아이가 사춘기일 때 오히려 제 일이 있고, 영어수업, 자기 계발에 집중했던 게 더 도움이 많이 되었어요. 육아 물론 중요합니다. 하지만 자신의 세계도 잘 챙기세요. 그것이 장기전으로 봤을 때 훨씬 더 도움이 되었어요. 행복한 결혼생활, 행복한 육아를 위해 절대로 놓치지 말아야 하는 것 중 하나가 바로 나의 세계에요. 저의 세 번째 책도 좋은 부부 관계가 재테크까지 성공적으로 이끈다는 메시지가 담겨 있어요. 함께 보면 좋을 것 같아요.

Q3. 행복한 결혼생활의 원동력은 무엇인가?

행복한 결혼생활을 할 수 있었던 이유는 부부의 대화라고 망설임 없이 말할 수 있어요. 부부 대화를 통해 서로 간의 존중, 신뢰를 할 수 있지요. 심지어 육아보다 중요한 것이 부부의 대화라고 생각해요. 부부관계가 좋은 집은 일단 만사형통이라고 생각해요. 노후 생활까지도요.

저는 결혼 예찬가예요. 결혼은 내가 받으려고 하는 게 아니라 주려고 하는 마음이 서로가 되어야 해요. 저는 부부가 대화하는 집은 위기까지 가지 않는다고 봐요. 그 전에 서로의 상태가 어떠한지 알게 되죠.

(언제 부부의 대화를 하시나요? 아이 키우느라 바쁘실 때는 어떻게 대화하셨나요?)

우리 집은 토요일 같은 경우에는 들로, 산으로 많이 다녔어요. 남편은 감사하게 가족이 늘 우선이고 중심인 사람이에요. 주말은 가족과 함께 특히 차에서 참 많이 대화를 해왔어요. 아이하고도 차에서 대화를 많이 했어요. 아이가 크면서는 아이가 학원 간 시간에 많이 대화하기도 했죠.
카페에 가서 둘이 차를 시켜놓고 책도 읽고 끊임없이 이야기했어요. 이게 우리 가정의 문화라고 생각해요. 카페에서 남편과 대화하면서 우리 가족의 재테크를 이루어왔고, 남편 회사의 직원 얼굴은 모르지만 이름은 다 알아요. 저랑 남편의 미래에 관한 이야기, 경제적인 이야기, 여행에 관한 이야기들을 나누어요.

Q4. 결혼생활을 힘들어하는 부부들에게 해주고 싶은 말은?

난 아이 때문에 살아. 당장 이혼하고 싶지만, 돈이 없어서 이혼을 못 해 이런 분들이 많아요. 맞아요. 제가 남편의 이야기를 듣고, 남편과 나의 관계, 우리 가정을 잘 지켜나가기 위한 것은 사실 이기적인 거예요.
나와 남편 사이가 벌어진다면, 남편이 회사를 힘들어서 회사를 그만둔다면 그것은 어쩌면 나의 불행이에요. 남편이 힘들 때 남편의 이야기를 들어주는 것은 나와 대화함으로써 남편의 힘든 부분이 해소되고 그래야 회사 가서 힘을 내고 결국 우리 가정이 행복해지는 거거든요.

부부가 서로에게 귀찮아, 힘들어, 피곤해하면서 피하는 게 결국 나의 불행이 된다는 거죠.

코칭, 에니어그램 등을 공부하면서 서로의 이해의 폭이 조금 더 넓어진 것 같아요. 저도 예전에 불평했었어요. 여행을 가려고 하면 저는 일정을 상세하게 계획해놔요. 그럼 남편은 '출발!' 이러면서 그냥 가는 사람이에요. 그런데 만약에 제가 '이렇게 하자, 저렇게 하자' 그러는데 남편이 옆에서 뭐라 그러면 더 힘든 상황이 되는 거죠. 제가 계획을 해놓으면 남편은 '그래! 가자!' 이러면서 즐겁게 운전해줘요.

이것이 얼마나 조화로운 것인지 알게 되었어요. 어떤 일을 할 때 서로의 역할이 이렇게 나누어져 있고, 서로가 다르다는 것을 알게 되니 편하고 좋은 거예요. 동전의 양면이에요.

부부가 서로 안 좋은 부분보다는 좋은 점을 바라보면서 서로에 대한 노력과 배려가 쌓이면 선이 선을 만들어가는 것 같아요.

■ 우등생에게 배운 점

결혼 후 여자에게는 생각 이상의 많은 역할이 생깁니다. 한 남자의 아내가 되고, 그리고 아이의 엄마가 되고 회사에서는 하루 8시간 일을 하고 다시 집에 돌아와서는 밥하는 아내가 됩니다. 지치고 힘든 이 결혼생활을 바꾸고 싶지만, 그 방법을 모릅니다. 분명 행복했던 결혼생활의 추억은 있었지만 돌아갈 수 없습니다. 그런데 정은경 코칭맘은 말합니다. '행복한 결혼생활, 행복한 육아 생활에서 놓치지 말아야 하는 건 엄마인 나의 자존감, 나의 일, 나의 세계, 나의 무엇이 있을 때 오히려 육아가 덜 힘들다고 생각해요.'

행복한 결혼생활
행복한 육아를 위해
절대로 놓치지 말아야
되는 것들 중 하나가

바로, 나의 세계예요

Calligraphy design by [illegible]

PART 03

결혼 전,
불안한 여자들의
감정 읽기

많은 여자는 서른이 넘어가면
결혼을 생각합니다.
그리고 서른 중반이 넘어가면 결혼을
걱정하기 시작하죠.
그리고 서른 후반이 넘어가면
결혼을 하지 않았더라도
출산을 걱정하기 시작합니다.

01

혼자가 두려운 적 있나요?

가장 나를 잘 아는 사람은 나라고 자신하곤 해요. 그러다 문득 나 자신을 이해할 수 없는 내가 어색해지는 순간이 찾아와요. 이 책을 쓰기 시작했을 때가 그때였을 거예요. 결혼을 선택하고 정말 바쁘고 힘든 하루하루를 보내면서 '나는 왜 이렇게 빨리 결혼을 했을까' 라고 후회하며, 이 결혼을 선택한 과거의 나를 원망했어요. 그러다 문득 생각났어요. 이 결혼을 선택하기 전, 결혼 전 난 어떻게 살아왔는지 말이죠. 그래서 전 지금부터 결혼 전 나의 이야기를 쓰려고 해요. 결혼 전 나는 지금처럼 바쁘고 힘들었을까요? 아니면 당당하고 행복했을까요?

일본 만화 마스다미리 '결혼하지 않아도 괜찮을까?' 책을 모티브로 한 일본 영화 '결혼하지 않아도 괜찮을까?' 에서 여자 주인공은 혼자인 자신의 삶을 만족하면서 살고 있었어요. 그러나 어느 날 문득 타인의 죽음을 바라보며 이렇게 생각해요. '고독하게 죽으면 어쩌지?' 이 생각은 혼자 사는 누구라면 한 번쯤은 생각해 보는 일인 것 같아요. 저에게도 생각보다 빠르게 '고독한 죽음' 에 대한 걱정을 하게 된 일이 있었어요.

대학교 때 동아리 활동을 하면서 알게 된 동아리 선배가 있었어요. 환한 웃음, 최대한 크게 흔들어 주는 손, 조금이라도 이 동아리가 편해질 수 있도록 신경 쓰는 사소한 행동들은 그 선배가 좋은 사람이란 걸 확인 시켜줄 수 있는 확실한 증거였죠. 그 선배는 너무 착해서 주변에서 걱정할 정도로 좋은 사람이었어요.

제 기억 속에 착한 선배로 저장되고 5년쯤 지났을 때였어요. 동아리 후배에게 연락이 왔어요. 선배의 장례 소식이었어요. 당장 선배의 장례식장을 찾아서 들어가려는데 그곳은 너무 조용했어요. 조용함이 쓸쓸함으로 그리고 고독함으로 바뀌면서 저에게 두려움으로 변하게 되었어요.

여러 부정 감정 속에서 가장 센 감정 두려움

많은 사람은 다양한 이유로 똑같은 감정 '두려움'이라는 감정을 경험하게 돼요. 내가 싫어하는 벌레를 보았을 때도 두려움이 생기지만 벌레조차 없는 방에 혼자 있을 때도 두려움은 생기기 마련이죠. 우리의 두려움은 어디에서 발생하는 걸까요? 두려움을 발생하는 다섯 가지 요소가 있어요.

첫 번째, 소멸(Extinction)은 자신의 존재가 사라지는 것에 대한 두려움입니다. 이는 "죽음에 대한 공포"보다 더 근본적인 것이고, 모든 인간이 가진 근본적인 존재에 대한 근본적인 불안감이 이 두려움과 관련이 있습니다. 높은 장소에서 바닥을 내려 볼 때 가지는 공포도 여기에 기인합니다. 내가 고소 공포증을 앓고 있다면 바로 소멸이라는 요소를 통해서 두려움이 생긴다고 볼 수 있겠죠.

두 번째, 절단(Mutilation)은 신체의 부분을 잃을까 하는 두려움으로 인체의 기관이나 부분, 자연적 기능을 다른 존재 때문에 잃게 되는 두려움입니다. 곤충, 거미, 뱀 또는 다른 징그러운 것들에 대한 두려움이 이 절단의 두려움과 관련이 있습니다.

세 번째, 자유의 상실(Loss of Autonomy)은 움직일 수 없게 되거나, 마비되거나, 제한되거나, 갇히거나, 덫에 빠지거나, 묻히는 것과 같이 어떤 환경에 의해 자신을 제어할 수 없게 되는 데 대한 두려움으로 물리적인 차원에서 흔히 "폐소공포증(claustrophobia)"으로 알려졌으며, 사회적 관계에서도 이런 두려움이 가능합니다. 결혼한 뒤 자유의 상실을 겪게 되면서 자연스럽게 두려운 감정이 발생하게 되는 거죠.

네 번째, 분리(Separation)는 버려지고, 거부되고, 관계를 잃어버리는 데 대한 두려움으로 또 다른 이에게 갈망의 대상으로, 존중의 대상으로, 가치 있는 존재로 남을 수 없을지 모른다는 두려움입니다. 집단으로부터 주어지는 "침묵의 벌(silent treatment)"이 개인에게 심각한 심리적 영향을 끼치는 이유입니다.

마지막으로 자아의 죽음(Ego-death)은 창피함, 수치심 등은 자신을 부인하게 하며 자아를 위협합니다. 자아가 파괴됨으로써 더는 다른 사람으로부터 호감을 사거나 인정을 받고 존경을 받을 수 없게 된다는 대한 두려움입니다.

결국, 내가 느꼈던, 선배의 장례식장에서 느꼈던 저의 두려움은 아마도 네 번째 분리(Separation)로부터의 오는 두려움과 그리고 자아의 죽음(Ego-death)에서 오는 두려움이였어요. 선배의 장례식장을 통해 사람들로부터 거부되고, 버려지고, 관계를 잃을 것 같은 나의 모습을 상상하면서 미리 창피함과 수치심을 스스로 인정하고 있었죠. 그랬더니 나의 혼자의 삶이, 혼자의 삶 후의 죽음이 두려워졌습니다.

혼자인 시간이 점점 길어질수록 두려움도 전염이 되나 봅니다. 혼자인 제가 불안한 엄마는 잦아지는 상갓집을 다녀오고 난 후 꼭 한마디씩 합니다. "인간관계 잘 쌓아놔라", "친구들이랑 잘 지내니?" "남자친구와는 잘 만나고 있니?" 엄마에게까지 저의 두려움을 전염시켜 죄송했죠. 하지만 엄마의 걱정을 덜어드릴 수 없었습니다. 저의 두려움도 해결되지 않았기 때문이죠.

혹시 여러분들도 혼자여서 두려웠던 적 없으셨나요?

02

첫 직장, 첫 소개팅,
첫 느낌

다들 처음이라는 단어를 좋아합니다. 저 또한 '처음' 이라는 단어를 들으면 설레곤 해요.

제가 초등학교 때 산 첫 다이어리 '화이트'. 너무나 사고 싶은 마음에 엄마의 지갑에서 몰래 만원을 꺼냈습니다. 어린 나이에 심장이 터질 것 같은 큰 잘못이었습니다. 그러나 첫 다이어리를 가지는 순간 잘못은 까맣게 잊힐 정도로 기뻤습니다. 왜냐면 제가 너무나 바라고 바라던 첫 다이어리였으니까요.

그리고 잊을 수 없는 중학교 첫사랑. 피아노를 잘 쳤고, 글씨를 잘 써서 반에서 서기를 했던 친구였습니다. 너무 부끄러운 나머지 계단에서 커플 필통 하나를 건네주고 말 한마디 못하고 도망쳤어요. 아직도 그때를 생각하면 너무나 행복한 기억으로 남아있습니다. 바로 저의 첫사랑이니까요. 이렇게 처음이라는 단어는 설레고, 나를 흥분되게 하며 춤추게 하는 단어인 것 같습니다.

하지만 나의 첫 경험에 대한 행복한 기억을 철저하게 부숴버린 잊지 못할 첫 경험이 있습니다. 불쾌했고, 피곤했고, 당황스러웠던 첫 직장에서의 첫 소개팅이였어요.

대학교 졸업 후 자연스럽게 전공에 맞는 직업을 선택했습니다. 25살 어리면 어린 나이에서 첫 직장이 생겼습니다. 열심히 하는 모습, 싹싹한 성격과 회사에서 가장 어린 나이여서인지 주변 동료들에게 소개팅 추천이 많이 들어왔습니다. 저는 한 분의 소개팅 추천을 제안받고 설레는 마음으로 생애 첫 소개팅 준비를 했습니다. 하지만 저의 첫 소개팅은 최악의 날로 기억되었습니다. 저의 첫 소개팅에서 어떤 문제가 있었던 걸까요?

새로운 관계에서의 흔한 잘못된 신호

영화나 드라마에서 보면 싸우기도 전에 자기 몸에 상처를 내면서 상대를 위협하는 조폭들이 등장하죠. 그런 조폭을 보면 자신의 화를 주체 못 해 자신의 몸에 화풀이한 것으로 많이 생각을 하는데요, 이 방법은 사실 자신이 무슨 짓을 할지 모르는 위험한 사람이라는 점을 강조해서 상대를 지레 겁먹게 하는 데 매우 효과적인 방법입니다. "이래도 나 같은 상대와 싸우겠느냐"고 상대에게 묻고 있는 셈이죠.

이런 사례를 보게 되면 마케팅이나 경제학을 전공한 사람은 대뜸 '시그널링(signaling)'이라는 개념을 떠올립니다. 시그널링 신호란 정보 비대칭인 상황에서 정보를 가진 쪽이 자신의 정보를 적극적으로 알리려고 취하는 행동을 가리킵니다. 재미있는 건 마케팅, 경제학 이론인 '시그널링(signaling)'이 이성 관계에서도 굉장히 많이 사용되고 심지어는 상대방의 마음을 사로잡는 방법으로 활용되기도 한다고 합니다.

저의 문제의 첫 소개팅 이야기로 다시 돌아와 보면, 저와 상대방은 서로에 대한 정보를 자세히 알지 못한 채로 만났습니다. 대부분 소개팅은 간단한 프로필만 전달받고 만나니까요. 그렇게 되면 각자 자신의 정보를 전달하기 위해 신호를 보내게 됩니다. 상대에게 매력적으로 보일 수 있는 유머 감각, 외모, 경제력 등을 자연스럽게 신호를 통해 보여주려고 노력했습니다. 저는 소개팅 가기 전 2시간이라는 긴 시간을 머리와 화장에 오로지 투자하였고, 이 소개팅을 위해서 아끼고 아꼈던 비상금을 과감히 옷과 가방에 시원하게 썼습니다. 상대방분도 저와 같은 신호를 보내는 것 같았죠. 새로 산 옷과 그리고 모든 식사와 디저트 비용을 다 계산하셨으니까요. 그런데 저에게 맞지 않는 옷을 입어서였을까요? 정작 소개팅을 했던 그 2시간 동안 우리는 모든 신호를 다 보내고 에너지가 타 버린 사람처럼 아무 말도 없이 지쳐 있었어요.

시그널링(signaling)이론을 주장한 스펜서는 이렇게 말했어요. 흔히 근거가 부족한 말하기를 '값싼 말(cheap talk)' 이라고 하는데 스펜서는 값싼 말을 하기보다는 '값비싼 신호(costly signal)' 를 보내야 상대의 관심을 더 효과적으로 얻을 수 있다고 주장했습니다.

새로운 관계에서 다들 나 자신이 매력적으로 보이기 위해 자신의 본 모습보다 과장되게 신호를 보내는 경우가 많습니다. 제가 사실 화장을 진하게 하지 않고 비싼 옷을 입지 않았음에도 불구하고 입고 진한 화장을 하고 비싼 옷을 입고 나간 것처럼 말이죠. 그러한 신호를 '값싼 말' 이라고 해요. 하지만 실제로 이러한 신호는 상대의 관심을 순간적으로 끌 수는 있지만, 효과적으로 얻을 수는 없다고 합니다. 이런 순간들이 반복되면 우리는 소개팅은 성공할 수 없고 결국 시간만 낭비하게 되면서 나의 피곤함만 쌓이게 됩니다.

번아웃 증후군은 연애까지도 간섭합니다.

어느 날 한 프로그램에서 배우 권해효 씨가 늦은 결혼에 관해 이야기했습니다. 늦어지고 있는 결혼의 이유 중 하나가 바로 '피로 사회'이기 때문이라고 했습니다. "직장인 미혼남녀 10명 중 8명은 과로로 인한 소진 증후군(몸과 마음의 탈진 상태)을 경험하며 연애에 어려움을 토로합니다"라며 "이성을 만나려고 꾸미고 나가기엔 너무 피곤하다 보니 그냥 밀린 드라마나 보고, 잠이나 푹 자는 것을 택하는 것"이라고 말했습니다.

사실 사람과의 만남, 그리고 이성과의 연애는요. 일로부터 생겨난 번아웃 증후군을 치료해 주는 치료제의 역할을 해줍니다. 하지만 우리가 잘못 보내버린 '값싼 말' 잘못된 신호 때문에 연애마저도 피곤한 일이 되었다는 건 조금 속상한 일 아닐까요? 지금부터라도 조금은 가치 있는 나의 모습을 보여 줄 수 있는 진짜 신호를 상대에게 보내보세요. 반복되는 소개팅과 쌓여가는 피곤과 불쾌한 감정으로부터 해방될 수 있어요. 그리고 당신의 시그널링을 받고 응답해 줄 사람을 만날 수도 있겠죠?

03

당신의 결혼 스펙 점수는 몇 점인가요?

늘 항상 회사에서의 점심시간 후 근무는 늘 피곤합니다. 평소처럼 몰려오는 잠을 쫓으려고 커피를 타고 있었습니다. 그때 다른 부서의 조금은 어색한 회사 선배가 나에게 다가왔습니다. "혹시 소개팅 할 생각 있어요?" 그 말을 들은 전 솔깃했습니다. 상대방이 먼저 제안한 소개팅이었으니까요. 제안 받은 소개팅은요, 안전하고 편안한 소개팅이에요. 왜냐면 혹시라도 남자 쪽에서 제가 마음에 들지 않는다고 거절당해도 '저도 부탁으로 나갔어요. 저도 별로였어요.' 라고 말할 수 있는 소개팅이기 때문이죠.

사실 그 제안이 더 좋았던 이유는 조금씩 차오르는 나이에 예전만큼 소개팅 제안이 들어오지 않았습니다. 그리고 소개를 해준다고 했던 선배의 남편 회사가 모르는 사람이 없는 대기업이었습니다. 그런데 저의 소개팅 상대가 남편의 회사 후배를 소개해준다니 나이가 차오른 전 솔깃해지더라고요. 그래서 전 긍정의 느낌으로 다시 한 번 "아, 소개팅이요?"라고 괜히 질문을 던졌는데, 그때 예기치 못한 말을 들었습니다. "네, 그럼 상대 남자에게 보낼 선생님 프로필 저한테 보내 주세요."

남자와의 만남에도 이제 프로필이 필요한 시대

'프로필…?' 처음에는 잘 못 들은 줄 알았어요. 하지만 선배는 다시 말했죠. "프로필을 먼저 교환하는 게 좋아요. 각자가 원하는 이상형인지 알 수 있잖아요. 괜한 시간 낭비를 줄일 수 있으니까요. 선생님한테도 상대 프로필 드릴게요." 다시 이 이야기를 듣는 순간 소개팅 프로필은 명백한 사실이 되었습니다. 그 이후로 전 그 소개팅을 거절했습니다. 왜냐하면요, 그 프로필을 채울 수가 없었거든요.

재미있는 결혼 통계 자료가 있습니다. 대표 결혼 정보회사 듀오에서는 홈페이지에 결혼 정보 리포트에 들어가면, 그곳에 〈성공한 결혼회원 표준모델〉 자료를 제시했습니다. 2018년도 자료를 보면 여자는 33.0세/ 연 소득 3,000만 원-4,000만 원/4년제 대졸/신장 163cm/

2018년 초혼 성혼회원 표준모델 리포트

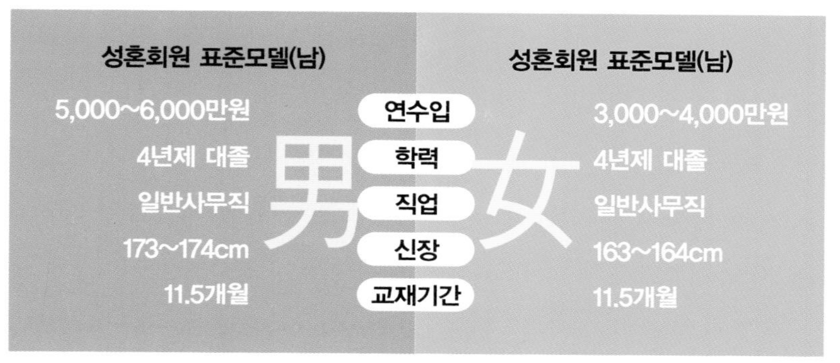

출처 : 3만 5천여 명의 성혼회원중 최근 2년 안에 결혼한 회원 3,024명을 표본 추출하여 분석한 결과(자료 : 듀오)

일반 사무직 종사자이고, 추가로 부부가 된 사람들의 결과를 보면 동일 학력, 동일 직업, 동일 지역을 선호하는 것으로 얘기합니다.

현재 결혼을 준비하는 여성들이 만약 이 보고서를 본다면 어떤 기분일까요? 전 그랬습니다. 소개팅 프로필을 달라고 할 때도, 현실 결혼의 자료를 볼 때도 내 마음 깊숙한 곳에서 불안함이라는 감정이 휘몰아치기 시작했습니다.

저는 아름다운 결혼을 꿈꿔오던 여자였습니다. '결국, 결혼은 할 거야' 라는 확신도 있었습니다. 그런데 현실에 나와 보니 세상에는 나 말고도 결혼 준비생이 많았습니다. 많은 여자가 내가 원하는 남자와 결혼할 수 있었고, 내가 원했던 결혼 상대는 금방 누군가로 대체될 수 있었습니다. 그래서 성공한 결혼 표준모델이 생겼는지도 모릅니다. 나도 표준모델이 되고 싶은 마음에 프로필을 적어봤습니다. 그러나 나이를 쉽게 적지 못했고, 나의 직장에 자신감이 없어지고, 그리고 나의 연봉이 왜 이렇게 낮은지 화가 났습니다. 대학교는 나왔지만, 지방 대학교라서 '나의 결혼에 대학교는 방해되는 게 아닐까?' 라는 엉뚱한 생각이 들면서, 결론적으로 '나 과연 결혼할 수 있을까?' 라는 불안함이 생기기 시작했습니다. 다시 취업을 준비하는 취준생으로 돌아가는 기분이었습니다.

'당연' 했던 결혼이 '불안' 으로 바뀔 때

사소한 일이었습니다. 단지 지인의 소개팅 사건이었습니다. 하지만 그 일로 저에게는 불안함이라는 감정이 생겼습니다.

그리고 나의 일상에 변화가 생겼죠. 쉽게 눈치를 챈 변화는 제가 자주 짜증을 냈습니다. 특히 연애, 결혼에 관한 이야기에 그랬습니다. 주변에서 결혼에 대해 질문을 하면 괜히 민감하게 화를 내고, 심지어는 그런 질문을 하는 사람들을 '예의 없다', '저 사람 별로다.' 흉보기도 했습니다.

그리고 두 번째 변화로는 항상 하루가 끝나면 부족한 느낌이 들었습니다. 퇴근 후 집에 가면 '오늘 하루 뭘 했지?' 라는 질문이 늘 들었고, 나의 하루가 허공에 뜨는 가득 차지 않는 느낌이 들었습니다. 그래서 퇴근길에 떡볶이집을 들렀습니다. 맛있는 음식을 먹어서라도 나의 이 부족함을 채우려 한 것 같습니다. 하지만 잠이 들기 전엔 '살찌게…. 괜히 먹었어. 그것도 못 참고' 라는 후회만 했습니다. 항상 반복이었습니다. 이 불안함이 오래되니 몸에도 나쁜 신호가 왔습니다. 쉽게 피로했고, 자세가 굳어졌습니다. 떠올려보면 가장 많이 들었던 말이 있었습니다. 회사 짝꿍이 "어깨에 힘 좀 빼", "왜 이리 긴장하고 있어."라고 말하곤 했습니다. 나는 그냥 책상에 앉아 일하고 있는데, 저의 동료들은 늘 인사말처럼 이야기했습니다. 그리고 가끔 힘든 일이 있는지 걱정해주는 친구들도 있었습니다. 단지 마음이 불안해진 것 말곤 없는데 말이죠.

여러분들은 지금 어떠신가요? 결혼을 준비하는 '결준생' 으로 지내고 계신가요? 지금 나의 프로필을 채우지 못한 채 저처럼 불안함에 화를 내거나 늘 부족한 하루를 보내고 있진 않나요? 아니면 정신없이 프로필을 채우기 위해 결혼 스펙을 정신없이 채우고 있나요?

04

솟아오르는 집값 아래 오르지 않는 나

여러분들에게 25일은 어떤 의미가 있는 날인가요? 어린 시절 산타할아버지로 분장한 아빠가 선물을 줬던 크리스마스가 떠오르는 분들이 많을 거예요. 저도 회사 다니기 전까지는 그랬으니까요. 그런데 성인이 된 후, 회사에 취직하고 난 뒤 저에게 25일은 크리스마스보다 더 의미 있는 날로 변했죠. 바로 매월 기다려지는 월급날이었어요. 전 월급날이 너무 행복했어요. 월급이 많았느냐고요? 아니요. 저는 대한민국 평균 월급을 받았어요. 세전 230만 원이었어요.

국세청이 조사한 자료에 따르면 우리나라 임금근로자 17년 월 평균소득은 세전 287만 원입니다. 조금 더 구체적으로 중위소득을 본 결과 세전 210만 원이라고 해요. 전년보다 평균소득은 10만 원(3.5%), 중위소득은 8만 원(3.8%) 증가했습니다. 여기서 중위소득이란 쉽게 말하자면 우리나라 모든 사람의 소득을 1등부터 100등까지 줄 세우기를 한 후, 정확히 50등의 소득을 중위소득이라 합니다. 만약 제가 대기업과 같은 높은 월급을 주는 회사에 다니지 않는다면 중위소득을 보는 것이 더 편할 수도 있겠죠.

결국, 위 국세청 자료를 보면 저는 평균 월급을 받고 다니고 있었습니다. 그렇게 한 달에 230만 원을 받으면서 생활했던 저는 사실 저의 월급이 부족하다고 느낀 적이 없었습니다. 솔직히 월급이 남는 달이 더 많았습니다. 혼자 쓰기에는 충분했죠. 월급이 들어오면 자신에게 보상으로 눈여겨보았던 맛집으로 가서 밥을 먹고, 회사에서 보너스가 들어오면 모아 두었던 휴가를 사용해서 동남아 여행도 갈 수 있었습니다. 그리고 조금이지만 매월 사랑하는 엄마에게 용돈도 줬습니다. 용돈을 받으면서 기뻐하는 엄마 모습을 보면서 큰돈은 아니지만 스스로 돈을 벌 수 있다는 것에 만족하면서 살았죠.

어느 날, 오래전부터 알고 지낸 친한 언니와 만났습니다. 언니 아들 돌잔치에 못 가서 미안한 마음에 밥과 커피를 사며 한동안 못했던 묵은 수다를 했습니다. 묵은 수다를 하던 중 전 언니의 결혼생활이 궁금해졌습니다. "언니 둘이 사니까 어때?, 둘이 돈 버니까 돈 많이 모았겠네?" 이 질문을 들은 언니는 웃었습니다. 결혼하지 않은 친구들이 늘 했던 지겹고 어이없는 질문이었던 거죠. 그리곤 흥분을 감추지 못하고 말했죠. "야. 모으는 건 바라지도 않아. 아이 낳으니까 마이너스다. 내 인생에 빚이 있을 줄은 상상도 못 했어."

집밥은 힘들고, 외식은 돈 들고

일간 뉴스의 신문기사에서 초등학생 자녀를 둔 직장인이 최근 식당에 들러 삼겹살 3인분과 밥과 음료수 그리고 찌개 등 3인 가족 식사량을 주문하고 먹고 나온 뒤 계산하였더니 6만 원이 '훨씬' 넘었다고 했습니다. 급격하게 오른 물가 탓에 외식 한번 하기 무섭다고 하였습니다. 배달 음식 또한 모두 다 올라 선뜻 지갑을 여는 것이 두렵다고 합니다. 그래서 많이들 자식 성적과 월급 빼고는 다 오른다는 우스갯소리까지 한다고 합니다. 이게 바로 지금 현실이죠.

언니의 이야기를 들었을 때 저로서는 바로 이해하긴 힘들었습니다. 저 혼자 쓸 땐 저의 월급은 부족하진 않았으니까요. 앞에서도 적었듯이 제 월급은 많은 편이 아니었습니다. 그러나 언니 남편은 대기업에 다니는 평균 이상의 월급을 받았고, 언니도 회사에 다니는 맞벌이 부부였습니다. 제 생각으론 충분히 돈을 모을 수 있을 거로 생각했습니다.

언니는 이해하지 못한 저를 눈치 챘는지 매월 나가는 지출을 설명했습니다. 집 대출 원금과 이자 그리고 가족 보험료, 각 부모 경조사비 및 용돈, 아파트 관리비 및 세금, 식비 및 기타 생활비, 개인 용돈, 개인 경조사비, 아이 보육료까지 말이죠.

언뜻 보면 비슷한 것처럼 보였지만, 그 규모는 저와 달랐습니다. 혼자 산다면 사실 아버지, 어머니 집에 함께 몸 하나 얹혀살 수 있거나 작은 방 하나 구해서 살 수 있지만, 결혼하게 된다면 우리 가족이 살아야 하는 집을 새로 사야 하는 큰 산을 만나게 되죠. 그리고 혼자 산다면 편의점 삼각 김밥으로 한 끼 정도는 간단히 해결할 수 있지만, 나의 아이에게 삼각 김밥을 먹일 수 없어 밥과 국 그리고 반찬을 하게 되죠.

이 이야기를 듣고 난 뒤 언니의 변화를 눈치 챌 수 있었습니다. 결혼 전에는 묵은 수다가 시작되면 2차, 3차로 쉽게 여기저기 예쁜 커피점을 가보는 것이 취미였던 언니였지만 지금 언니는 커피를 리필하며 한 곳에 진득하게 앉아있었습니다. 그 모습을 보며 전 깊은 생각에 잠기게 됩니다.

현실은 혼자 살라고 말합니다.

사실 지금 우리의 현실은 혼자 살라고 말합니다. 우리가 살 곳은 없는데 집값은 끝없이 오르고, 외식도 1인분 이상 먹기에 부담스러운 가격으로 변했고, 브랜드가 없는 옷을 찾기가 힘든 생활의 기본이어야 하는 의식주가 조금씩 멀어지고 있습니다. 이렇게 팍팍한 현실에 어쩌면 많은 미혼은 결혼을 주저하고 있을지도 모르죠.

그런데 말이에요. 힘들다고 말하는 언니를 보면서도 크게 걱정되지 않았어요. 솔직히 말하면 조금 부러웠어요. 왜 그랬을까요?

현실 때문에 혼자 있기로 선택한다면 경제적 어려움에서는 잠시 벗어날 수 있습니다. 하지만 언니의 이야기에서 경제적 어려움보다 더 중요한게 있었어요. 둘이 있음으로써 찾게 되는 서로의 잠재성, 그로 인한 나의 발견 그리고 찾게 되는 진정한 행복. 세 가지는 혼자서는 찾을 수 없는 돈 보다 소중한 보물이였어요.

05

서른 즈음에

많은 여자는 서른이 넘어가면 결혼을 생각합니다. 그리고 서른 중반이 넘어가면 결혼을 걱정하기 시작하죠. 그리고 서른 후반이 넘어가면 결혼을 하지 않았더라도 출산을 걱정하기 시작합니다. 이런 걸 보면 결혼을 준비하는 여자에게 나이는 매우 중요한 것 같아요.

저는 신체가 매우 건강한 편입니다. 사실 체력 하나는 자신이 있었어요. 그 이유는 타고난 통뼈도 한몫하고, 어릴 적부터 아버지의 지독한 주입식 운동 교육 아래 자라나 매일 매일 생활체육을 했습니다. 그래서 또래 친구들보다 할 줄 아는 운동이 많았죠. 중학교 체육 성적이 항상 전교 1등이었으니까요. 그만큼 건강 하나는 자신 있었습니다.

사회로 나오게 된 20살 이후 아르바이트와 회사 생활에서도 저의 체력은 빛을 발했습니다. 무거운 상자 또는 정수기 물통을 번쩍 드는 여자는 없었으니까. 이랬던 저도 '결혼' 이라는 단어 앞에서 저의 건강을 의심하기 시작했습니다. 친구 그리고 회사 동료들과 종종 결혼이라는 주제로 자주 이야기를 하다 보면 우리의 결혼 관심사를 알 수 있었습니다.

"적정 결혼 나이가 몇 살인 줄 알아?"

"32살 이후면 노산이야."

"노산에 아이 낳으면 기형아 될 확률이 높대"

이러한 이야기들은 나중에는 논문 자료와 사례가 더 해지면서 힘이 생기기 시작했습니다. 저는 논문에서 그리고 사례에서 제시한 나이가 다가올수록 초조해지기 시작했습니다. '그래도 조금 젊을 때 웨딩드레스 입어야 예쁠 텐데', '지금 만나서 연애하고, 결혼하고, 아기 가지면 노산이지 않을까?' 저의 예쁜 드레스를 입고 결혼하고 싶은 마음과 노산이 아니길 바라는 저의 마음, 그리고 조금이라도 건강할 때 아이를 낳아 기르고 싶은 나의 마음, 이 모든 마음과 달리 저의 시간은 멈추지 않았습니다.

마음대로 되지 않을 때, 우리는 초조함을 느낀다.

실제 기형아 논문 자료를 보면 여성의 나이와 관련한 아이 질병으로 다운증후군이 있습니다. 출산 예정일 기준으로 20세 이상의 여성에게 1,000분의 1 정도의 확률이지만, 만 35세의 경우에는 250분의 1이 되고 만 40세가 되면 70분의 1의 확률로 증가하게 된다고 한다. 따라서 이러한 다운증후군 같은 염색체의 수적 이상에 의해 생기는 기형은 여성의 나이에 비례하게 된다고 한다.

이 자료를 보고 어떤 생각이 드나요? 생각보다 기형아가 될 확률이 적다며 시원하게 웃으면서 긍정적으로 생각하나요? 아니면, 나이에 비례하여 증가하는 확률을 보며 '나는 이미 늦었어.' 라고 자책하며 결혼을 포기하시나요?

이 당시 저는요. 그러니까 친구들과 많은 회사 동료들에게 여자의 결혼 나이와 노산의 이야기와 사례 그리고 논문 자료에 흠뻑 취해있었던 저는 초조했었고 포기했어요. 왜냐면 자신이 없었거든요. 1,000분의 1이 나일 수도 있지 않겠냐는 생각을 하면서 말이죠.

하지만 마음 안에 그래도 저처럼 결혼을 꿈꾸고 나를 닮은 예쁜 아이가 궁금하다면 걱정 때문에 포기하지 말았으면 해요. 시간을 멈출

수는 없지만, 우리가 빨리 움직일 수는 있으니까요. 지금도 전혀 늦지 않았다는 거죠.

목표가 있다면, 행동 계기를 만들자

평범한 주부였던 미국의 멜 로빈스라는 여성이 파산 직전의 일상에서 '5초의 법칙' 을 적용하여 지금은 CNN에서 가장 주목받는 방송 진행자로 활동하고 있습니다. 그런데 그녀가 제안하는 5초의 법칙은 싱거울 정도로 간단해요. 어떤 거냐면요, 예를 들어 아침 일찍 일어나는 목표를 위해 로켓 발사 장면과 같이 5초 카운트를 거꾸로 셉니다. "5, 4, 3, 2, 1" 숫자가 1에 도착하면 바로 침대에 일어나죠. 아주 간단한 이 법칙으로 책을 냈고 놀랍게도 아마존 베스트셀러 1위를 차지했다고 해요. 결국, 이 법칙은 하고자 하는 것이 있다면 바로 행동으로 옮기는 "계기"를 만들어주는 것이 중요하다는 것을 알려주는 거죠. 그 "계기"가 바로 우리가 원하는 것을 이룰 수 있게 해준다는 거예요.

루이스 캐럴은 "이상한 나라의 앨리스"라는 동화책에서 이렇게 말해요.

"어디로 가야 할지 모르겠다면 그냥 가라"(If you don' t know where

you' re going, Just go)

우리가 흔히 새해에 가지는 목표 중 하나 '다이어트' 를 보면 10명 중 7명은 실패를 하는 데요, 이때 그 일을 해야 할 만한 '행동 계기' (action trigger)를 만들면 '다이어트' 에 성공할 수 있습니다. 예를 들어 매일 버스를 타고 퇴근을 한다면 '도착하기 2 정류장 전에 내리기' 라는 특정 행동을 결심하게 되면 퇴근을 할 때마다 마음의 계획이 떠올라 내릴 수밖에 없는 자신을 발견하게 될 거에요. 무작정 식사량을 줄이는 것보다는 훨씬 더 효과적인 방법이죠.

계속 흐르는 시간과 차오르는 나이 때문에 걱정하고 있다면 한 번쯤 생각해 보는 게 좋아요. 내가 혹시 방안에서 혼자 걱정만 하고 누워있지는 않았는지 말이죠. 혹시 나의 인연을 만나고 싶은 목표가 있다면 나만의 행동 계기를 만들어 보세요. 매일 아침 커피를 마실 때마다 호감 가는 이성이 있다면 따뜻한 인사 메시지를 보낸다면 그 행동이 지금까지 걱정과 초조함을 해결해 줄 수 있을지도 몰라요.

06

나의 패를
보여 줄 용기

누구와 친해지려면 나의 패를 보여줘야 할 때가 있습니다. 상대가 자신의 꼭꼭 숨겼던 패를 저에게 보여주면 저도 그에 맞는 패를 보여줘야 공정한 게임이 되죠. 친한 친구가 되기 위한 게임의 법칙이죠. 하지만 저는요, 항상 저의 패를 보여주는 것이 불편했습니다.

초등학교 6학년 때, 수업이 끝나고 난 뒤 친구와 반에 남아 칠판에 낙서하며 놀고 있었습니다. 그런데 친구가 저에게 이런 말을 했어요. "너 나랑 제일 친한 거 맞아? 그런데 왜 넌 속 이야기를 안 해?" 친구는 그 말을 할 때 저에게 매우 실망한 표정을 하며 말했어요. 왜냐면 항상 친구가 자신의 비밀 이야기를 할 때, 전 듣기만 했었죠. 그날 전

빈 교실에서 친구에게 저의 속 이야기를 했습니다. 아주 많이 했습니다. 그런데 말이죠. 속 이야기를 하면 마음이 가벼워져야 하는데 저는 오히려 마음이 무거웠습니다.

저의 속 이야기는 대부분 슬픈 이야기였습니다. 저의 슬픈 이야기가 밖으로 나오면서 저의 마음 또한 슬퍼졌습니다. 그리고 이야기를 하면서 상대의 기대를 만족하고 싶은 욕심이 생겼습니다. 그래서 전 저의 속 이야기를 더 과장되게 부풀려서 이야기했습니다. 그런 이유였는지 이야기는 즐겁지 않았습니다. 그리고 그 날 저의 마음이 무거웠던 이유는 바로 제가 원하지 않은 친구의 위로였습니다.

그때 전 어렸음에도 불구하고. 이런 생각을 했습니다.
'왜 사람들은 친해질 때 꼭 상대의 깊은 마음을 보고 싶어 할까?'

나의 진심을 보여줄 때, 상대방은 호감을 가진다.

UCLA에서 호감 가는 사람들의 공통점에 대한 한 조사가 있었습니다. 참가자들에게 호감에 관련된 500개가 넘는 형용사를 보여줬습니다. 그리고 그 형용사에 점수를 매기도록 하였습니다. 가장 높은 순위를 기록한 형용사들은 사교성, 지성, 매력(타고난 특징들)과는 관계가 없었습니다. 진심, 투명함, (타인을) 이해하는 능력이 중요했습니다. 백만 명 이상을 조사한 Talent Smart의 연구 자료에 따르면 이런 사람들은 아주 호감이 갈 뿐 아니라, 그렇지 않은 사람들에 비교해 훨씬 더 나은 성과를 낸다고 합니다.

이 연구 결과는 저의 초등학교 마음이 무거웠던 기억을 설명해 주었습니다. 우리는 상대방에게 호감을 느끼기 시작했을 때는 상대방의 진실한 모습을 보았을 때입니다. 본인이 상대방의 진심을 보았을 때 호감을 느꼈던 경험을 했다면, 당연히 내가 친해지고 싶은 사람을 만난다면 자연스럽게 나의 진심을 이야기하게 되죠. 반복적인 관계를 하다 보면 누군가와 친해질 때 당연한 절차처럼 나의 속 이야기를 꺼내게 됩니다. 나의 속 이야기가 상대방에게 호감을 그리고 믿음을 주는 방법이니까요. 이 방법은 연인 그리고 결혼 후에도 변하지 않습니다.

상대의 휴대전화가 궁금하다면, 그건 호감의 신호일 거예요.

종종 연애하다 보면 이런 경험이 있습니다. 카페에서 애인이 화장실을 간 사이 화면에 반짝이는 누군가의 메시지를 몰래 훔쳐본 경험이 있죠. 운이 나쁘면 애인에게 딱 걸리기도 하고요. 그런데 최근 미국 유명 심리학자 이와 관련해서 아주 합리적인 의견을 게재했습니다.

미국 풀러 심리학전문대(Fuller Graduate School of Psychology)의 교수이자 저명한 심리학자 라이언 하우즈(Ryan Howers)에 따르면 상대의 스마트폰 기록을 보는 것이 전적으로 '악한' 행동은 아니라고 합니다. 오히려 연애 상대의 스마트폰을 보는 것이 '믿음을 증가시키는 행위'라고 말했습니다. 앞에서 이야기한 바와 같이 사람들은 상대의 진심을 확인하는 순간 호감이 생기고 그 상대가 나의 연인이라면 호감이 증폭되어 관계에 신뢰를 형성할 수 있습니다. 그러므로 상대의 휴대전화를 보고 싶은 마음은 너무나 본능적인 욕구라는 것입니다. 그래서 한 번쯤 애인이 나의 휴대전화를 봤다면, 귀엽게 넘어가는 것도 좋습니다. 물론, 계속 동의 없이 본다면 대화가 꼭 필요하겠죠.

우리는 자연스럽게 누군가를 만나고, 그리고 좋아하는 감정이 생기고, 연애하고, 그리고 결혼이라는 생활을 상상하게 됩니다. 하지만 막상 그 상황이 오면 나의 진심을 어디까지 보여야 할지 몰라 만남을 망설이게 됩니다. 어쩌면 나조차도 나의 진심을 모르기에 시작할 수 없을지도 모르죠.

쉽지 않아요. 하지만 계속 누군가를 만나야 한다면, 조금씩 노력해 보세요. 먼저 나의 진심을 하나씩 공부하고 보여주세요. 그리고 상대의 진심도 들어보세요. 그렇게 노력하면요, 이 세상에서 나보다 더 나를 잘 아는 가장 친한 친구가 생길 거예요. 지금부터 나의 패를 보여줄 용기를 가지세요.

07

조금 부족해도, 외로워도, 달라도 괜찮아

최근 엄마가 큰 사람으로 보인 적이 있습니다. 엄마의 옛날 제주도에서 살던 시절 이야기를 들었을 때였어요. 섬에서 운수업을 하는 아버지 밑에서 자란 엄마는 12남매의 막내딸이라고 했습니다. 금이야 옥이야 귀여움 받으며 자랐던 엄마는 영락없는 제주도 공주였다고 합니다. 그래서 딱히 공부도 열심히 안 했다고 해요. 왜냐면 공부 열심히 하라고 잔소리하는 사람이 없었으니까요. 결국, 고등학교 다니던 중 자퇴를 하고 섬이 지겨웠던 엄마는 서울로 올라왔습니다. 그리고는 아빠를 만났고, 그리고 우리 삼 남매를 낳아 살고 있다고 합니다.

엄마는 늘 옛날이야기를 꺼내고 난 뒤면, 한숨을 쉬거나 소주를 한잔 마시곤 합니다. 결국, 중졸이 된 엄마. 자신의 아빠, 엄마가 사는 제주도에 결혼 후 한 번도 못 내려간 엄마. 짧은 공부로 전문 직업이 없어서 속상하다는 엄마. 그러나 자신의 얼굴과 손은 두껍고 거칠어져 버렸다고 부끄러워하던 엄마였죠.

그런데요, 전 그 모습이 전혀 부끄럽지 않았어요. 솔직히 어렸을 때는 엄마가 부끄러웠던 적은 있었어요. 하지만 지금 내가 나의 눈에 비친 엄마의 이야기와 그리고 엄마의 얼굴, 엄마의 손은 엄마의 지금까지의 빛났던 인생을 보여주는 화려한 스펙이었어요. 그런 엄마가 저는 멋있었어요. 그때 알았죠. '경험' 을 가진 모든 사람은 위대하구나.

경험은 나를 더 빛나게 해 줄 거야

'모든 경험은 하나의 아침, 그것을 통해 미지의 세계는 밝아 온다. 경험을 쌓아 올린 사람은 점쟁이보다 더 많은 걸 알고 있습니다.' 레오나르도 다빈치는 경험을 중시하는 사람 중 대표적인 한 명으로 볼 수 있습니다. 레오나르도 다빈치는 미술, 건축, 학문 등 다양한 분야의 천재로 꼽히죠. 다빈치는 자신의 창의적 아이디어의 원천이 바로 경험이라 말했습니다. 경험이 쌓이고 축적되어야 새로운 것이 만들어진다고 했습니다.

경험을 중시하는 또 다른 한 명이 있죠. 스티브 잡스는 대학교를 중퇴한 뒤에도 학교에 머무르면서 듣고 싶은 강좌는 들었습니다. 그 중 캘리그라피 수업을 우연히 듣게 되었는데, 이 경험이 지금 애플이 성공할 수 있었던 요인이라고 말합니다.

경험의 힘은 과학적으로도 증명된 사실입니다. 실제로 공연장에서 음악을 들으면 감동이 더 큰 이유는 뇌과학에서 얘기하길 소리를 담당하는 뇌의 영역 대뇌반구 양쪽 가에 측두엽이 있습니다. 측두엽은 청각 정보를 처리하는 역할을 하는데, 흥미로운 점은 시각 정보도 함께 처리한다는 거예요. 그래서 이어폰을 통해 음악을 듣는 그것보다 공연장에서 음악을 듣게 되면 귀와 눈이 모두 자극을 받기 때문에 뇌의 활성화 정도가 차이가 나게 됩니다. 결국, 더 능동적으로 뇌는 해석하게 되며 우리는 결과적으로 음악에 대한 큰 자극과 결과를 얻게 되는 거죠. 그래서 요즘 가상현실 체험교육 주목받는 이유도 경험이 중요하기 때문이에요.

나를 위한 경험을 찾아야 할 때

충분히 우리는 많은 정보와 학습을 통해 경험이 중요하다는 것을 알고 있죠. 그리고 현재의 행복을 중시하는 라이프 스타일이 추구되면서 많은 사람은 다양한 경험을 통해 삶의 질을 높이고 있습니다. 그리고 더 다양한 경험을 위해 경험을 사기도 합니다.

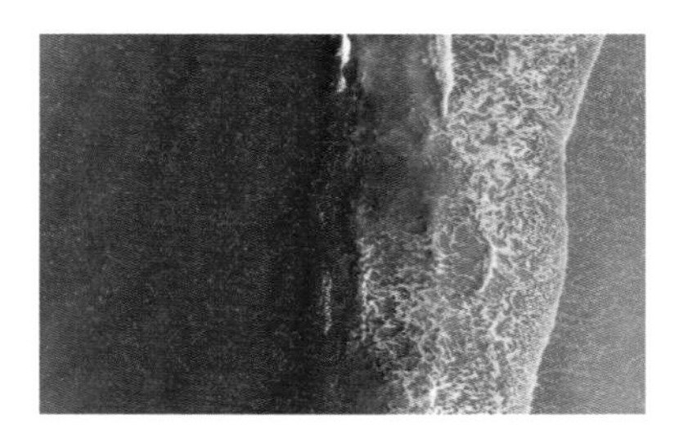

행복을 연구하는 심리학자 사이에선 이미 이런 소비를 "경험 구매"라고 했습니다. 경험 구매는 우리가 살아가는 경험의 일련의 사건들을 구매하는 것인데요, 예를 들면 공연이나 전시를 보는 것, 여행을 갈 때 돈을 쓰는 것, 향초와 아이 배냇저고리 만들기 체험에 돈을 지급 하는 것이죠.

경험이 물건보다 사람들에게 더 오랜 행복을 주는 3가지 이유는, 첫 번째 시간이 지날수록 좋았던 추억만 남게 됩니다. 여행 당시에는 힘들었던 기억도 시간이 지나면 잊히고, 결국 우리에게는 좋았던 사진들과 추억만 간직하면서 '다음에 또 가자!' 라고 다짐하죠. 두 번째 나의 정체성을 찾아주는 길잡이가 되기도 해요. 우리는 마음이 복잡할 때 갑자기 여행을 떠나거나 무작정 무수히 많은 퍼즐을 맞추기도 합니다. 그러한 경험이 쌓이면 나만의 이야기가 되고 그 이야기는 나의 정체성을 됩니다. 자신을 찾았을 때의 행복은 매우 크죠. 세 번째 사회적 가치가 매우 크기 때문이에요. 경험이란 건 이야기할 수 있는 아주 좋은 소재가 돼요. 따라서 사람과 경험에 관해 이야기하다 보면 관계가 좋아지고, 결국 좋은 대인관계는 나 자신을 행복하게 만들어 주죠. 이 3가지의 이유로 우리는 나를 위해 아낌없이 경험을 구매하고 있어요.

많은 사람이 다양한 경험을 구매하면서까지 하고 있지만, 아직 두려워하는 경험이 하나 있다고 해요. 바로, 결혼이에요. 돈으로도 살 수 없는 위대한 경험이죠. 그만큼 어쩌면 많은 고통이 따라올 수 있겠죠. 하지만요 그 어떤 경험보다 시간이 지나면 절대 잊히지 않는 좋은 추억들을 우리에게 가득 만들어 줄 거에요. 그리고 내가 누구인지, 내가 어떻게 살아야 하는지, 나를 바로 찾아줄 수 있어요. 마지막으로 나 이외의 최고의 관계 새로운 가족이 생기면 한 번도 경험하지 못한 최고의 행복을 느낄 수 있답니다.

남들보다 조금 부족한 결혼일 수 있죠. 결혼 후 더 외로울 수도 있어요. 그리고 내가 상상한 결혼과 다를 수도 있어요. 하지만 이 경험은 분명 여러분에게 최고의 행복을 줄 거란 건 확신해요. 지금부터라도 행복하게 살 수 있는 나를 위한 경험 해보시겠어요?

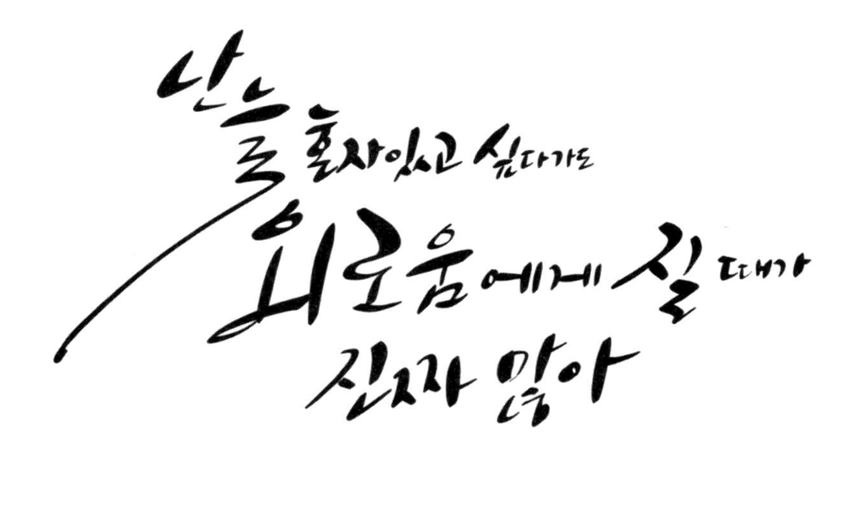

Calligraphy design by

결혼 INSIDE 전문가 인터뷰 ③

이정수
KBS 17기 공채 개그맨

보급형 남편, 이정수가 생각하는 행복한 부부관계

보급형 남편, 연예인 이정수
#결혼 5년 차 #연예인에서 반전업주부 #워킹대디 #분위기 다운되면, 다시 돌아온다.

■ 우등생 프로필

KBS 17기 공채 개그맨 /결혼과 육아 관련 칼럼니스트 /결혼과 육아 강연 활동

■ 우등생의 자기소개

"분위기 다운되면, 다시 돌아온다"라는 유행어는 한 번쯤 들어보셨을 거예요. 제 입으로 말하기 민망하지만, KBS에서 미남 개그맨으로 활동했던 이정수입니다. 요즘에 육아와 가정 결혼에 관한 칼럼을 주로 쓰고 있고요. 칼럼을 쓰다 보니 강연이 같이 따라오고 있어요. 방송도 가끔 하고 있

보급형 남편, 이정수 씨

지만, 방송이 주업은 아니에요. 강연, 행사, 글쓰기 등이 주업인 반 전업주부입니다.

■ 저자가 만나본 우등생

이정수 씨와의 인터뷰는 웃음이 끊어지지 않았다. 다양한 에피소드와 유머로 긴 시간이었음에도 계속 함께 이야기를 나누고 싶었다. 하지만 즐거움 속에서 가족에 대한 적극적인 사랑과 행복한 결혼생활에 관해 이야기할 때는 뚜렷한 생각을 하고 있었다. 대한민국 대표 워킹대디였지만 전업주부들의 현실과 마음을 더욱 공감했던 이정수 씨였다.

■ 반 전업주부 우등생 인터뷰: 이정수

Q1: 반 전업주부라고 하셨는데, 오늘 아침이 궁금하다.

오늘은 아내가 유독 일찍 나가서요. 보통의 경우는 커피를 타주거나 잊을 것 같은 물건을 현관 앞에 챙겨줘요. 아내가 일어났을 때 먼저 가서 안아주면서 인사해요. 저는 인터뷰를 위해 10시에 집에서 출발했는데요. 딸을 깨워서 밥을 먹이고 어린이집에 보내놓고 이곳에 왔어요.

Q2: 파워블로거이신데요. 결혼생활에 관한 일상을 올리게 된 계기는?

저의 취미이자 즐거운 활동이에요. 매일매일 하루의 일상을 올리는데 하루 동안 100장 정도의 사진을 찍어요. 글을 쓰는데 1시간 반. 댓글이 많을 때는 댓글에 답을 달아주는 데만 1시간 이상 걸려요. 일상이 의미 없이 지나가는 것 같고 뭔가 기운이 떨어진 사람들이 와서 봤으면 좋겠어요. 인생의 하이라이트만 있는 게 아니라 하루에도 하이라이트가 있어요. 모든 하루가 저에게 다 재료가 되는 거죠.

저는 현실적인 사람이거든요. 저는 대단한 로맨티시스트도 아니고 꿈같은 이야기를 하지 않아요. 육아 힘든 거 알아요. 결혼생활 힘든 거 알아요. 저도 힘들어요. 이왕 힘든 건데 즐겁게 하자는 거고요. 그거에 대한 아이디어를 공유하고 있는 거예요. 내가 이야기하는 아이디어들이 소위 뜬구름 잡는 이야기처럼 보이지 않기 위해서, 어떤 철학자, 행복 전도사들이 흔히 하는 멋있는 이야기들처럼 보이지 않기 위해서 '내가 이렇게 살고 있어요'를 블로그에 올리고 있어요.

Q3: 보급형 남편이다. 그 의미가 궁금하다.

희생이라는 단어를 별로 안 좋아해요. 가족에게도 희생하지 않는 편이에요. 내가 가족을 챙기는 것은 저에게 적극적인 이익에 관련된 부분이에요. 내가 이렇게 해줘야 아내한테 사랑받을 수 있기 때문이죠. 난 사랑받기 위해서 하는 것뿐이에요. 다 누구나 다 사랑받고 싶어 하죠. 저는 조금 더 적극적으로 사랑을 받으려고 노력하는 거예요. 희생이라고 생각했으면 지쳤을 거예요. 다른 사람들에게 이야기하고 싶은 건 자신을 희생하면서까지 하지 말아야 한다고 말해요. 결혼생활은 기간이 길잖아요.

가사, 육아는 '더 잘해야 한다. 더 잘해야 한다' 이런 책임감, 채찍질은 가능한 하지 말아야 오래갈 수 있어요. 물론 너무 못했을 때는 잘해야겠지만. 지금도 충분히 잘하고 있다고 생각해요. 대충해서 내일도 살아야 하니깐. 내일도 즐겁게 살아야 하니깐. 내일도 할 수 있을 정도로 까지만 하면 그게 최선이라고 말하고 싶어요.

Q4: 이정수 씨가 생각하는 행복한 결혼이란?

저는 사회적 성공도 한 번 해봤어요. 그런데 사회적 성공을 기준점으로

잡으면 행복해지지 않아요. 결혼이라는 자체가 굉장히 멋지다는 생각을 해요. 우리는 요즘 결혼을 안 하는 세대에서 살지만, 그 와중에 결혼해낸 우리는 그저 누구나 인생에서 거쳐 가는 단계라고 생각하면 곤란해요. 유지해내는 것이 중요하죠.

유지하는 것 자체가 가화만사성이다. 집이 평화롭기 위해서 익혀야 하는 기술 등 여러 가지 들이 있는데 그게 사회에 나가서 정말 도움이 된다고 생각해요. 사랑받기 위해서 사랑을 주는 사람인데. 이 사람이 어떻게 하면 날 사랑할까? 좋아할까? 하는 마음은 결혼생활에서도 정말 필요해요.

보급형 남편 이정수 씨 부부

Q5: 이정수 씨 같은 남편을 보고 부러워하는 아내들이 많은데요.

사실 우리 집은 입장이 조금 달라요. 제가 전업주부에 가깝다고 했잖아요. 저를 보시고 남편 입장이 아니라 아내의 입장으로 보셔야 해요. 저와 같은 남편을 보면서 부러워하면 끝이 없고요. 아내들이 남편들에게 저처럼 하고 계시는지 묻고 싶어요. 소위 저는 전업주부들의 어떤 롤모델이 되고 싶어요. 남자 전업주부의 롤모델. 밖의 일도 하면서 집안일도 같이 하려고 노력 중이에요. 그렇게 해주셔야 상대한테 바랄 수 있는 거죠. 우리 아내는 저한테 정말 잘해요. 제가 입고 있는 옷은 다 우리 아내가 사다주는 옷이에요. 제가 옷을 못 입어요. 집에만 있기보다는 조금 움직여야 해요. 가만히 앉아서는 안 되는 것 같아요. 어떤 좋은 생각은 즐거울 때 나와요. 나를 즐겁게 할 수 있는 활동을 해야 한다고 생각해요.

■ 우등생에게 배운 점

힘든 현실에 많은 사람은 '로또'처럼 극적인 인생 대역전을 바랍니다. 결혼도 자신의 삶에 찬란하게 빛나는 순간이길 원합니다. 그래서 신중해지고, 어려워지고, 힘들어지죠. 점차 여자의 삶에서 결혼은 불편한 존재가 됩니다.

그런데 이정수 씨는 말합니다. '인생에만 하이라이트가 있는 게 아니에요. 오늘 하루에도 하이라이트가 있어요. 꿈같은 이야기처럼 살 순 없지만 그래도 재미있게는 살 수 있어요! 결혼 그 자체가 멋지잖아요'

인생에만 하이라이트가 있는게 아니에요

오늘 하루에도 하이라이트가 있어요

Calligraphy design by

PART 04

여자의 감정수업

지금 이 순간도 야식으로
저녁 시간을 보내고 있다면,
초콜릿에 손이 가고
진짜 배고픔이 아닌 가짜 배고픔에
허기를 채우고 있다면,
당신의 감정 무게는 몇 그램일까요?

01

당신의 감정무게 몇 그램인가요?

몸무게는 느는데, 마음은 왜 허전할까요?

20대, 164cm 키에 몸무게는 50kg 초반으로 기억합니다. 활동적이고 출퇴근 자체가 고된 노동이라서 아무리 먹고 마셔도 크게 살이 찌는 법이 없었습니다. 20대는 뭐가 그렇게 혼란스럽고 외롭고 허전한지 그 마음을 친구들과 치맥을 마셔도 채워지지 않았습니다. 늘 텅 빈 마음처럼, 내 몸도 매일 밤 채우는 열량으로, 해가 뜨는 순간부터 소비하고 방출하고 배출해서 다시 외롭고 쓸쓸한 텅 빈 마음의 퇴근길을 만들어주곤 했습니다.

30대 초반 결혼을 하게 되었고, 신혼의 재미는 요리 뽐내기와 야식으로 대동 단결되는 부부애가 아니었나 생각됩니다. 그만큼 쌓여 가는 체지방과 함께 사랑의 에너지 통도 그득하게 채워지는 것을 실감하는 신혼이었던 것 같습니다. 그렇게 50대 중반의 몸무게로 무거워지기 시작했으니까요.

그런데 이상한 건 그 이후입니다. 임신하고 10kg이 찌고 3.4kg의 아들을 출산했는데 왜 몸무게는 그대로 남아있는 것일까요? 마법 같은 일이었습니다. 2주간의 산후조리원에서의 요양을 통해 살을 찌운 것일까요? '대학 가면 살 빠져서 이뻐진다, 애 낳고 모유 수유하면 임신 때 찐 살이 다 빠진다' 이런 속설은 누가 만든 것일까요? 저는 그때부터 뭔가 역행하고 있는 것을 느꼈습니다.

출산 후 6년이 지난 지금, 저는 오히려 점점 더 찌는 몸무게로 신기록을 경신하고 있습니다. 끊임없는 다이어트로 죽을 듯 힘든 과정을 거쳐 빼내고 빼내어 겨우 볼만한 정도로 유지할 뿐입니다.

그런데 이상한 건 몸무게는 늘고 있는데 사랑의 에너지 통은 비어 있는 것을 느꼈었습니다. 늘 화난 상태이고, 불안하고, 불만족스러운 나를 마주하곤 했습니다. 간식으로 아들과 대동단결을 노리고, 야식으로 남편과 단합하려 해도 좀처럼 몸무게만 늘어날 뿐 마음은 비워

져만 갔습니다.

뇌가 배고프다.

우리는 정말 배가 고파서 그렇게 먹는 걸까요? 아니면, 허전함을 채우기 위해 먹는걸까요? 비만 치료 전문가 유은정 원장의 한 칼럼을 보면 식욕 중추를 담당하는 뇌의 시상하부에서는 기분, 수면, 성욕 등 여러 가지 외부자극의 영향을 받아 식사 지시를 내린다고 합니다. 평상시처럼 잘 자고 잘 먹고, 몸과 마음이 편안하고 흡족한 날에는 신체에서 '세로토닌' 이라는 행복 호르몬이 안정적으로 분비돼 뇌가 몸이 인지하는 것이죠.

그런데 수면 부족, 일정 이상의 스트레스 등에 노출되면 우리 몸은 즉각 경계태세를 갖추고 코르티솔이라는 호르몬을 분비되는데요 이 호르몬이 분비되면 식욕은 더욱 강해지고 체내에서 지방이 축적되는 대사로 바뀌어 뱃살이 찌면서 결국 몸무게 증가로 이어지게 됩니다. 우리의 배고픔이라 여겼던 허기는 어쩌면 마음의 허전함이 만들어낸 뇌와 마음의 배고픔일 수 있습니다. 그러면 도대체 우리는 어떻게 이를 구분하고 극복해야 할까요?

앞에서 말한 비만 전문 치료 전문가 유은정 원장의 기사를 보면 아래와 같습니다.

'감정적 폭식, 당신이 여성이기 때문이다'

PROBLEM 1 심리적 허기
PROBLEM 2 합법적 마약, 당 섭취를 통한 스트레스 해소

1 카페라테보다는 차라리 삼겹살을 먹어라. (단백질로 포만감을 가져라)
2 특정한 행동을 조건화하라. (퇴근 후, 먹기보단 샤워를 통해 스트레스부터 해소해봐라)
3 하루 한 끼는 위로 푸드를 먹어라(초콜릿, 빵의 작은 행복으로 도파민의 농도를 높여라)
4 나를 들여다보라. (심리적 허기임을 알고 감정을 들여다보라)
5 운동은 식욕을 줄인다. (운동은 포만감을 유발하는 신경세포가 민감해져 체중이 빠진다)
6 스스로 행복한 사람이 돼라. (행복이란 건 멀리 있는 게 아니다.)

[여성조선 2016. 6월]

위의 기사에서 가장 중요하다고 생각되었던 점은 마지막 부분이었습니다. 스스로 행복한 사람이 되어야 한다는 것입니다. 공연을 보거나, 취미 생활을 하거나 친구를 만나서 수다를 떨거나 운동을 하거나 무엇이든 본인이 원하는 것을 선택하고 실행하는 과정에서 행복

을 찾을 수 있습니다. 마냥 신세를 한탄하고 빵과 초콜릿으로 살을 찌우며 시간을 보내는 대신 우리는 마음의 감정의 에너지를 채우기 위해 좀 더 "나답고" 내가 행복한 길을 선택해야 합니다.

지금 이 순간도 야식으로 저녁 시간을 보내고 있다면, 초콜릿에 손이 가고 진짜 배고픔이 아닌 가짜 배고픔에 허기를 채우고 있다면, 당신의 감정 무게는 몇 그램일까요?

02

원더우먼 징후군 진단, 휴식이 필요합니다

인디언의 충고

저는 기업교육을 진행하는 강사로 교육시 클로징으로 인디언들의 지혜를 빌려 이야기하곤 합니다. 그중에서 스스로도 마음에 남는 한 이야기가 있습니다. 바로 '인디언의 말타기' 입니다. 성격이 급한 저에게 큰 인사이트를 준 이야기로 그 내용은 아래와 같습니다.

"인디언의 말타기는 말을 타고 달리다가 잠시 멈춰 서서 뒤를 돌아보는 인디언의 행동"에서 유래한 것으로, 영혼이 육체를 따라올 시간을 만들어주기 위한 것이라고 한다.
이는 영혼과 육체가 모두 있어야 하나의 사람을 이루는 것처럼 성공 또한 신체와 마음이 그리고 나와 상대방이 함께 하는 성공이 올바른 성공임을 말하려고 하는 것이다."

[출처: 21세기북스 인디언의 말타기]

최근 미국 국립보건원은 생애주기에 따른 여성건강문제 중에서 기혼여성의 우울함이 큰 문제가 되고 있다고 합니다. 한국에서도 전체 우울증 환자의 78.8%가 여성인 것으로 나타났습니다. 그리고 기혼여성의 우울증에 의한 정신건강의 문제가 미혼 남성/여성과 기혼 남성보다 훨씬 더 취약한 상태인 것으로 보고 되었습니다.

특히 주부 생활 자체에서 야기되는 다양한 생활 스트레스가 기혼 여성에게 우울증을 유발하는 중요한 원인으로 밝혀졌습니다. 그것은 주부 생활이 비도전적이며 성취감이 부족하기 때문인 것과 관련이 되는 것으로 나타났습니다.

또한, 인간의 몸은 평형을 유지하려고 노력하고 있으므로 신체의 평형을 깨뜨리는 생활 사건에 직면하게 되는 경우 우리의 몸이 재적응해야 하지만 생활 속에서 변화가 너무 많이 일어나면 재적응을 할 수 있는 능력이 부담되어 스트레스가 야기된다고 합니다. (Chun, 1996)

결혼 후, 가사와 육아로 뒤돌아볼 시간 없이 말을 타고 달리듯 힘차게 앞으로만 달려온 기혼여성들은 차마 마음이 함께 따라올 틈이 없어 자신의 마음을 잃어버린 채 시간을 흘러왔습니다. 이제 발을 멈추고 잠시 자신의 몸과 마음을 뒤돌아볼 여유가 필요합니다.

행복하기로 결심하다.

2018 평창올림픽을 치른 지 어느덧 한 해가 지났습니다. 1주년을 기념하며 한 프로그램에서는 이상화 국가대표 스케이트 선수의 1년 전 경기 날을 재조명하는 내용이 있었습니다. 이상화 선수는 평창 올림픽 경기장에서 결승전을 치르던 하루 전날을 상기하며 그날 했던 행동과 연습을 그대로 연출하고 그 다음날 결승경기가 열렸던 경기장을 출연진들과 함께 찾았습니다. 경기장을 찾은 이상화 선수는 4년간 그 날을 위해 얼마나 힘든 연습과 마음고생을 했는지를 목이 메이며 이야기했습니다. 그렇게 경기장으로 향한 이상화 선수는 힘들게 고백합니다.

평창올림픽결승전 그녀는 금메달이 아닌 은메달을 땄습니다. 일본 경쟁자를 이기기 위한 아주 작은 욕심이 실수를 만들어서 그날의 경기를 망쳤다고 말입니다. 그래서 그녀는 그날의 경기 영상을 1년간 보지 않았다고 합니다. 일 년 만에 용기 내어, 결승을 치렀던 경기장

안에서, 작은 태블릿으로 그날의 영상을 보기 시작한 그녀는 영상이 시작되자 터져 나온 눈물을 참지 못하고 오열하였습니다.

그녀는 금메달을 따고 싶었던 건 아니라고 합니다. 다만 스스로 욕심으로 인해 경기를 망친 것과 가족과 국민의 기대만큼 좋은 성과를 내지 못한 것이 아쉬웠다고 합니다. 그녀는 힘든 과거를 인정하고 그럼에도 불구하고 스스로 자신이 행복한 것을 찾는 사람 같았습니다. 그녀는 자신이 좋아하는 것을 알고, 자신이 최선을 다한다면 메달 색은 중요하지 않다고 말했습니다.

우리는 엄마로, 아내로, 며느리로 어떤 메달 색을 원했던 걸까요?

스카이캐슬에 사는 엄마들처럼 아이를 훌륭한 대학에 보내는 것이 금메달일까요? 우리는 다소 부족했더라도 지난 시간을 되돌아보고 잠시 쉬어갈 필요가 있습니다. 잘했다면 가족들에게 지지를 받고, 다소 잘못했더라도 위로와 응원을 받으며 상호작용하고 그들과 함께 나누며 스스로 몸과 마음이 잠시 쉬어서 함께 움직이게 해야 합니다.

인간은 타인과의 상호작용을 통한 '충족 욕구'를 지니고 있으며 이러한 사회적 욕구 충족을 위해 필요한 것이 '사회적 지지'입니다. '사회적 지지'는 한 개인이 긴장된 환경을 경험하는 경우 디스트레스를 감소시키고 우울함이나 불안을 완화해주는 주변의 의미 있는 사람들로부터 받는 자원입니다.

결혼, 육아, 맞벌이는 누구 혼자만의 일이 아니기에 가족들이 함께 지원하고 지지하고 응원해야 합니다. 그들과 함께하기 위해 우리는 다소 느리더라도 많은 소통을 하고 공유하고 기다려야 합니다. 행복하기로 했다면 말이죠.

행복하기로 했다면,
잠시 쉬어 가는 것이 그 시작입니다.

그리고 잠시 뒤를 돌아서 자신의 마음을 돌아보세요.
내가 달려온 것만큼 내 마음도 함께 와있는지 말이죠.

03

생각과 감정은 연결고리가 있다

지금부터 여러분이 한 호텔의 프런트 직원으로 일한다고 가상으로 생각해 보겠습니다. 비가 오는 늦은 새벽 시간입니다. 어떤 노부부가 들어와 객실이 있냐고 물어봅니다. 직원이 비가 오고 비행기가 결항하여 이미 만실이라고 안내합니다. 혹시 다른 호텔에 방이 있는지 확인했지만 다른 호텔도 이미 만실입니다.

하지만 직원은 차마 노부부를 돌려보낼 수가 없었습니다. 다른 호텔 상황을 알고 있기 때문이죠. 직원은 비가 오는 늦은 새벽 시간, 노부부를 돌려보내지 않고 객실이 아닌 자신의 숙직실에서 하룻밤을 지낼 수 있도록 해줍니다. 이 노부부는 다음날 비행기를 타고 돌아가고 2년 후 직원을 다시 찾아와 뉴욕 한복판에 지은 호텔의 초대 지배인으로 직원을 초청합니다. 그 호텔이 전 세계 체인 호텔인 지금의 아스토리아 호텔의 시초가 됩니다.

여기서 함께 생각해봤으면 좋겠습니다. 이 호텔 프런트 직원은 노부부를 돌려보내지 않았습니다. 무엇이 그를 그렇게 행동하게 했을까요?

이 호텔의 사장이 객실이 없을 때는 '직원이 자는 숙직실에서 고객을 재우라' 라고 교육하지 않았을 것입니다. 위 상황에서 직원은 본인이 주도해서 스스로 내린 결정입니다. 매뉴얼이 있지만, 매뉴얼대로 하지 않았습니다.

내 안에 철학이 없다면 빈 깡통

저는 교육을 하다 보면 다양한 직장에, 다양한 분들을 만납니다. 신의 직장이라 불리는, 누구나 가고 싶어 하고, 한번 들어가면 나오고 싶어 하지 않는 직장에 다니시는 분들부터 자동차정비소에서 기름 묻은 손으로 자기 일을 하는 분들까지 다양하게 만납니다. 그런데 신의 직장에 다니면 정말 귀하게 일해주셔야 하는데 그렇지 않은 분들도 보게 됩니다.

교육에 들어와서도 상사 욕을 하고, 서로서로 싫어해서 점심조차도 같이 먹기 싫어하고, 누가 인센티브를 얼마 더 받았고, 왜 나만 전화를 더 받냐 등 아주 사소한 것으로 자신의 일터에서 지옥같이 일하시는 분들이 계십니다.

반면 정비소에서 자동차 타이어를 갈아주는 분들은 다른 사무직보다 조금 열악한 환경 속에서 일하시는데도 감동을 받고 교육을 마친 적이 있습니다. 당신은 무엇을 하는 사람입니까? 라는 강사의 질문에 '자동차는 그 사람 가족의 행복과 가장 직결되는 일을 하는 사람' 이라고 말하는 교육생의 표정에서 직업의 귀천이 없음을 느꼈습니다. 내가 무슨 일을 하느냐가 아니라 일을 어떻게 하느냐가 얼마나 중요한지 느낄 수 있었습니다.

왜 같은 교육에 들어와서 같은 시간에, 같은 강사에게 교육을 받았는데 어떤 사람은 많은 것을 얻어가고 놀랍게 변화가 되는데 어떤 사람은 삐뚤어져서 나가는 걸까요?

저는 교육쟁이로서 이런 고민을 많이 했었습니다. 교육 때 칭찬받고, 만족도 높은 분들의 공통점을 한 가지 발견하게 되었습니다. 바로 그들은 "주도하는 사람"이었습니다. 누가 시켜서 하는 게 아닙니다. 스스로 선택하는 주도적인 태도가 그들에게는 있었습니다. 내가 하는 일은 누구나 다 할 수 있지만 아무나 다 잘할 수는 없습니다. 그 차이는 바로 '주도' 입니다.

아스토리아 호텔의 초대 지배인이었던 시골호텔의 한 직원도 스스로 한 행동이고, 가족의 행복과 가장 직결되는 일을 하는 정비소 직원도 스스로 결정한 행동입니다. 이런 태도는 어떻게 취할 수 있을까요?

그 차이점은, 내 일에 대한 철학의 차이라고 생각합니다. 스킬이 좋으면 편하고 빠르게 일할 수 있지만, 그 안에 철학이 없다면 빈 깡통이 될 수밖에 없습니다. 프런트 직원으로서 고객을 친절하게 응대하는 스킬도 중요하지만, 그 안에 철학이 없다면 고객을 숙직실에 재울 수는 없습니다.

당신은 무엇을 하는 사람입니까?

잔업이 잔업이 아니게 느끼는 방법이 있습니다. 바로 철학이 있으면 됩니다. 내가 이 일을 하는 이유, 나라서 다른 사람과 다른 이유입니다. 엄마의 역할 중 집 안 청소와 가사는 잔업일지 모릅니다. 그래서 힘들고, 짜증도 나고, 동기부여가 되지 않습니다. 하지만 매일 반복되는 일이라도 엄마의 철학이 녹아 있다면 우리는 괜찮을 수 있습니다.

우리에게는 '보이지 않는 매뉴얼'이 있습니다. 아이에게 건강한 밥을 먹여야 하고, 하루 15분 책을 읽어줘야 하고, 집 안 청소는 이틀에 한 번은 해야 한다는 보이지 않는 매뉴얼이 있습니다. 하지만 매뉴얼은 매뉴얼일 뿐입니다. 그 안에 돌발 상황이 발생했을 때가 있습니다. 그럴 때는 자신의 철학과 신념에 따라 선택하게 됩니다.

신의 직장에 다녀도 형편없이 일하는 사람이 있듯이 '무슨 일'을 하느냐보다 '어떻게 하느냐'가 중요합니다. "엄마지만 그냥 보통 엄마가 아니라 나는 OOO 엄마야" 스스로 생각하고 그림을 가져야 합니다. 그럴 때 엄마가 평소 가지고 임했던 철학이 빛을 발하게 됩니다. 가족의 행복과 상관없을 것 같은 자동차 정비공이 "고객의 안전한 가족 행복을 책임지는 가장 중요한 사람"으로 일하는 것처럼, 인류의 특별한 사명을 감당하고 있는 우리도 마찬가지입니다.

04

여자,
감정의 묵은 때

인간관계는 난로 같은 관계가 좋다고 합니다. 너무 가깝지도, 너무 멀어지지도 않게 하라는 의미인데요. 난로는 멀어지면 춥고, 또 너무 가까우면 데이게 되기 때문입니다. 사람에게 기대하게 되면 상처받는 순간이 오기도 하지만 너무 예의를 갖추면 차갑게 느껴져 오히려 더 가까운 사이가 되기가 어렵지요.

불편한 마음속 감정의 그림자

그렇다면 당신은 난로 같은 사람인가요?

"나"와 가장 가까운 인간관계를 맺는 사람은 누구일까 생각해 보면 나의 아이들과 함께 머무는 가족이라는 사실은 틀림없습니다. 하지만 같은 공간 속에 가장 가까운 관계이기는 하지만 심리적-정서적 거리가 멀어질 때도 많습니다.

세상 그 어떤 것과도 바꿀 수 없는 소중한 내 아이임에도 아이들은 부모로부터 상처를 많이 받으며 자라간다고 합니다. 보통 어릴 때 상처는 부모에게 비롯된 경우가 많은데 부모가 원했던 결과가 결코 아님에도 어릴 때 상처의 대부분은 부모에게서 온다고 합니다.

부모 자신도 인지하지 못했던 불편한 마음속 감정의 그림자가 내 아이에게 전달되었고, 그것이 아이에게 평생 잊을 수 없는 기억으로 남게 되는 경우입니다. 그렇다면 엄마가 바뀌면 되는데 그건 엄마의 감정과 연결된 경우가 많아서 스스로 인지되지 못하는 경우가 많습니다.

집에서 엄마라는 존재를 생각하면 늘 선생님 같았습니다. 크게는 삶을 어떻게 살아가야 하는지 알려줬던 선생님이었죠. 화가 나도 친구를 때리면 안 되고, 친구의 물건을 훔쳐서는 안 된다는 걸 알려주었던 사람입니다. 대소변은 어떻게 하는지 작은 시행착오 속에 스스로 할 수 있도록 돕는 사람이었고, 양치를 잘 하도록 알려주는 사람도 역시 엄마였습니다.

엄마라는 존재는 아이의 감정과 상태를 잘 살피고 적절히 반응해 주어 아이가 작은 것부터 성취감을 느끼며 스스로 해나갈 수 있도록 가장 가까이에서 돕는 사람입니다. 그런데 엄마는 아이의 감정은 잘 살펴주면서 정작 자신의 감정 중 버려야 할 것들을 버리지 못하고 끌어안고 살아가는 경우가 많습니다.

나 역시 엄마가 되고 보니 이해되기 시작했습니다. 엄마가 너무 힘들었겠다. 엄마는 어떻게 살아왔을까? 그리고 엄마가 먼저 바뀐다는 건 정말 어려운 일이라는 걸 이해하게 되었습니다.

엄마는 왜 힘들까요?

요즘 엄마들은 더 힘들게 느낄 수 있습니다. 엄마는 왜 힘들까요? 엄마는 준비과정이 없기 때문일까? 해도 티 나지 않는 가사와 육아의 연속이기 때문일까요? 왜 우리는 점점 더 힘들게 느껴지는 걸까요?

과거의 엄마들은 대가족문화, 지역사회에서 함께 살면서 키워왔지요. 옆집, 아랫집, 윗집이 다 같이 키워왔습니다. 하지만 요즘 엄마들은 함께 키울 이웃이 별로 없습니다. 이웃이 없다는 얘기는 감정을 버릴 대상도 사라져버렸다는 의미입니다.

혼자 끌어안고 해결해나가거나, 그것이 안 된다면 가까운 누군가의 도움이 필요한데 그렇지 못한 환경에 놓여있는 경우가 많습니다. 나와 남편이 온전히 다 책임져야 한다는 생각이 육체적으로 힘든 것과 더불어 정서적, 감정적으로도 짓눌려진 마음의 상태입니다. 탈출구가 없는 상태에서 출발하기 때문입니다.

남편이 바쁘다면 그 몫은 오롯이 엄마가 홀로 지고 가야 하므로 우리는 마음속 불안한 그림자를 안고서 시름시름 앓고 힘들어하고 있는지 모릅니다. 저 역시 지난날의 내 모습 속에 시름시름 앓았던 시간이 존재합니다.

하지만 더 깊이 들어가 보면 외로움, 독박육아 탓만은 아닙니다. 혼자서도 잘 해나가는 엄마들이 있습니다. 제 주변에 한 친구는 둘째 아이의 출산과 함께 육아휴직에 들어갔습니다. 그런데 가장 남편의 도움이 절실한 둘째 아이의 출산 이후 남편은 1년 넘게 한국에 들어오지 못하는 장기출장을 떠나게 되었습니다.

두 아이와의 육아 전쟁은 그녀를 힘들게 했습니다. 그리고 남편이 원망스러워지기 시작했습니다. 그런데 평소에 책을 좋아하던 그녀는 회사 다닐 때 읽지 못했던 책을 읽게 되었다고 합니다. 불평, 불만, 힘들다는 생각만으로 가득 찬 자신의 모습이 아닌 "남편 없이 잘 지내기 프로젝트"에 들어가기로 결심을 하게 됩니다. 무엇보다 자신만의 시간을 확보하기 위해 매일 아침 새벽 기상을 시작하며 책을 읽고 자신의 이야기를 블로그와 글로 쓰기 시작하면서 남편이 없는 1년여 동안 작가가 되었고 엄마들을 위한 동기부여 강사가 되었습니다.

지금 그녀는 다시 회사로 복직해 두 아이를 키우는 워킹맘으로 열심히 살아가고 있습니다. 그녀는 둘째 출산 후 남편 없는 1년의 세월이 그녀의 인생에서 가장 성장했던 시간이었다고 말합니다.

여자들의 묵은 감정
내가 널 어떻게 키웠는데...

내가 하루종일 수고한 일에 대해 아무에게도 인정받지 못한다면 지칠 수밖에 없습니다. 아무리 노력하고 애써도 엄마라는 임무는 결과물을 볼 수 있는 일이 아닙니다. (돌까지만 키우면, 초등학교 입학만 하면, 대학까지만 보내면, 결혼만 시키면) 결승점이 있는 게 아닙니다. 어쩌면 내가 죽을 때까지 나에게 맡겨진 임무이고 자식보다 먼저 세상을 떠나는 우리는 결과물을 눈으로 확인하기는 어렵습니다.

4대 영양소에 맞춰서 자는 거 입는 거 모든 것을 신경 써서 키웠는데, 우리 아이 키가 100cm가 되었다고 나를 인정해주는 사람은 없습니다. 그래서 성취감을 느끼지 못하고 지치게 되지요

감정의 묵은 때는 아이가 자라가는 시간만큼 더 깊어지고 있는지 모릅니다. "내가 널 어떻게 키웠는데…." 아침드라마에서 볼 수 있는 대사가 아니라 열심히 살았지만, 열심 속에 우울함이 있는 저와 같은 여자들의 묵은 감정을 대표하는 말이라는 생각이 듭니다.

이 말을 내 아이에게 하지 말아야지. 내가 희생하면서 까지 엄마가 될 필요는 없어. 물어서 안 아픈 손가락이 없다는 말이 사실일까요? 물어서 안 아픈 손가락은 없더라도 덜 아픈 손가락은 있습니다. 나와 잘 맞는 아이가 있고, 덜 맞는 아이가 있어요. 내 아이지만 엄마인 나와 성향이 달라요. 엄마도 여자 사람이기에 사람이 스트레스가 많아지면 감정 제어가 안 되는 것처럼 엄마가 스트레스가 많고 힘들어하면 내 아이에게 가는 감정이 긍정적일 수 없습니다.

자신을 인정하는 게 시작이에요.
미안하지만 엄마인 우리가 먼저 행복했으면 좋겠습니다.
가족은 함께 살아가는 사람들이에요.

남편과 함께, 아이와 함께,

행복을 배가시키며 사는 우리가 되어요.

05

수많은 외부충격에서 나를 지켜내는 힘

아이와 있다 보면, 때로는 남편에게도 참을 수 없이 화가 날 때가 있습니다. 화를 내기보다는 현명하게 표현하고 싶은데, 도저히 화를 감출 수 없을 때 어떡하시나요? 화내는 것을 부끄럽게 생각하거나 자책하는 경우가 많지요. 그런데 사실 우리에게 감정이 있다는 것은 살아있다는 증거이며, 여자의 상태를 말해주는 지표이기도 합니다. 만약 우리에게 감정이 없다고 생각해 보세요. 우리가 자신의 상태를 어떻게 조절할 수 있을까요? 그리고 어떻게 아이와 교감할 수 있을까요? 사실 감정이 없고, 화가 없다면 인간이 아니기 때문입니다.

한 가지 우리가 알아야 할 사실은 부정적이고 나쁜 감정 그 자체가 잘못된 것이 아니라는 사실입니다. 그 감정을 어떻게 처리하는가에 따라 달라집니다. 간혹 화를 낸 다음 "내가 왜 이랬는지 모르겠어. 정말 미안해"라는 경우가 있다면, 분노에 이용당한 경우이겠죠? "오늘은 절대로 화내지 않을 거야!"라고 결심하기보다는 화를 어떻게 처리하는지를 배우고 훈련해야 합니다.

아이에게 화를 낼 수 있습니다. 남편에게 분노가 치밀 수 있어요. 회사 상사 때문에 못 견딜 정도로 분이 차오를 수 있어요. 그러나 그 화가 내 마음을 사로잡게 해서는 안 됩니다. 화를 품고 곱씹어 생각하며 마음에 품어서는 안 됩니다. 그렇게 되면 우리 대뇌변연계에서 좋지 않은 스트레스 호르몬이 분비되고, 우리의 면역체계, 자율신경계를 망가뜨리면서 나의 몸과 마음을 더욱 병들게 만듭니다.

당신만의 공간 플레이리스트

〈건축학개론〉이후 가장 대중적인 건축계 아이콘으로 불리는 건축가 유현준 씨의 인터뷰 기사를 본 적이 있습니다. 그의 저서 [당신의 별자리는 무엇인가요]에 이렇게 썼습니다.

'나는 공간을 감정과 연관 지어 기억한다. 다양한 공간과 그 공간에서 느꼈던 감정들이 한의원 약초 서랍처럼 여러 개 있다. (중략) 그렇게 대단하지는 않지만 다양한 기억들이 나를 먹고살게 한다.'

같은 지붕 아래 살기 전까지 같은 공간 안에 들어가 있다는 느낌이 들게 하는 가장 좋은 방법은 같은 우산을 쓰는 것이라고 합니다. 누군가가 우리를 안아줄 때는 팔을 펴서 둥그런 형태를 만들게 되는데 우산 텐트의 곡면 안쪽에 서게 되었을 때 팔에 안긴 것처럼 포근함과 안정감을 느끼게 되기 때문이라고 하지요. 이처럼 공간은 감정과 연결되어 있습니다. 그렇다면 여러분이 머무는 공간은 행복한 감정이 느껴지는 곳인가요?

건축가 유현준 씨에게는 공간 플레이리스트가 있다고 합니다. 위로가 필요할 때, 사색하고 싶을 때, 혼자 있고 싶을 때 문득 들르는 공간. 나를 행복하고 즐겁게 해주는 그런 공간 리스트, 서울이라는 도시 속에 그런 공간을 많이 아는 사람이 결국 부자 같다고 표현합니다. 주인 없는 숨은 공간도 내 것처럼 쓰는 것, 시간을 들여서 그 공간들을 찾아보라고 권합니다.

저에게도 그런 공간 플레이리스트가 있습니다. 반포대교 밑 구름다리처럼 들려 있어 걷다 보면 한강과 내가 일직선상에 놓이게 되는 잠수교를 참 좋아합니다. 시원한 강바람도, 저녁 무렵 한강 너머로 보이는 멋진 서울의 야경도, 여름이면 반포대교 무지개 분수에서 나오는 클래식 음악, 돈을 쓰지 않고도 행복감을 충분히 느낄 수 있는 공간이 되어줍니다.

또 집 근처 워커힐호텔 뒷길도 좋아합니다. 봄이면 벚꽃으로 물들여지고, 가을이면 낙엽으로 쌓이는 길. 20대 진로와 취업의 갈림길에 섰을 때, 저는 워커힐호텔을 올라가는 길에 서서 서울의 야경을 보며 제 인생을 선택해왔습니다.

적절히 거리를 둘 줄도, 균형을 맞출 줄도 아는 사람이 되고 싶습니다. 여러분은 건축을 할 때 문과 창문 중 무엇이 더 중요하다고 생각하시나요? 바로 창문이라고 합니다. 창문은 커튼 하나만 쳐도, 창문 하나만 닫아도 개인의 공간이 만들어지기 때문이라고 합니다. 반대로 창문을 열면 바깥과 소통을 할 수 있습니다.

저는 여러분의 마음 속에 주도적으로 선택할 수 있는 큰 창문이 있었으면 좋겠습니다. 커튼을 치면 나만의 비밀 아지트가 되고, 다시 커튼을 열면 바깥 세상과 닿을 수 있는 창문이요. 여러분의 마음에도, 여러분이 머무는 공간에도 스스로 선택할 수 있는 창문을 여러

개 만들어두었으면 좋겠습니다.

개그우먼 박나래, 여자 박나래, 디제잉 하는 박나래

개그우먼 박나래 씨는 개그우먼으로서 망가지는 거에 대해 두려움이 없고 남들이 자신을 욕하는게 너무 좋다고 합니다. 그런데 주변 사람들은 다른 사람이 자신을 낮게 얘기하는 걸 들으면 자존감이 낮아지지 않느냐고 물을 때 자신은 그런 상황을 조금 다르게 받아들인다고 합니다. 개그우먼 박나래가 있고, 여자 박나래가 있고, 디제잉 하는 박나래가 있고, 술 취한 박나래가 있고….

그러므로 개그우먼으로서 남들에게 웃음거리가 되는 것이 크게 신경 쓰지 않게 되는 거죠. 왜냐하면, 남들의 판단이 조금 이해가 안 되더라도 '괜찮아, 난 술 먹는 박나래가 있으니까' 또 아니면 '괜찮아, 디제잉 하는 박나래가 있으니까' 이렇게 사니깐 너무 마음이 편해지더라는 겁니다. 우리는 여러 가지의 "나"가 될 가능성이 있는 사람들입니다. 그걸 인지하고 있으면 하나가 실패하더라도 괜찮습니다. 또 다른 내가 되면 되니까요.

06

결혼하기 전보다 외롭다는 여자들

사람들은 누구나 행복해지기를 원하지만, 정작 자신이 행복하다고 느끼는 사람은 그리 많지 않다고 하지요. 우리나라 사람들이 느끼는 주관적인 행복지수는 OECD 국가 중에서 가장 낮습니다. 우리는 왜 행복감을 느끼지 못하는 것일까요?

행복은 환경보다는 관계에서 만들어집니다. 심리학자들은 인간이 행복을 느끼기 위해서는 먼저 친밀한 인간관계를 형성해야 한다고 말합니다. 행복은 일상에서 느껴지는 만족감, 돈독한 인간관계, 건강 등에서 비롯되는데 이것은 얼마나 많이 소유했느냐보다는 다른 사람들과 얼마나 깊은 관계를 맺고 있느냐에 따라 좌우되기 때문입니다.

심리학자 울프 딤버그는 감정이 전염된다는 것을 발견했습니다. 다른 사람의 웃는 모습이나 화난 표정의 사진을 보여준 뒤 얼굴 근육의 변화를 관찰했더니, 사람들은 알게 모르게 자신이 본 사진과 비슷한 표정을 만든다는 것입니다. 내가 짓고 있는 표정으로 인해서 다른 사람의 감정에 영향을 미칠 수 있어요. 오늘 우리는 다른 사람들에게 어떤 감정을 전달하며 살고 있을까요?

만족스러운 행복한 삶이란 관계가 풍부한 삶을 의미

우리가 행복함을 나의 것으로 만들기 위해서는 일단 다른 사람을 자신의 인생에 초대해야 합니다. 만족스러운 행복한 삶이란 곧 관계가 풍부한 삶을 의미하죠. 우리가 먼 거리 출퇴근을 하면서도 아침에 회사를 가게 만드는 힘은 무엇일까요? 강남의 좋은 건물에서 일하고 월급이 많아서만은 아닐 거예요. 회사에서 보고 싶은 사람, 말이 통하고 자신을 인정해주는 사람이 한 명 이상은 있기 때문일지 모릅니다. 아니면 회사를 다녀왔을 때 나를 이해해주고, 받아주는 누군가 있기에 오늘도 아침에 벌떡 일어나 나갈 수 있습니다.

약속을 잡아서 밖에서 누군가를 만나는 사람이 집에 있는 사람보다 안 좋은 공기도 더 많이 마시고, 세균 노출도 많고 감기에 걸릴 확률이 높을 수 있지만, 집에 있는 사람보다 더 건강하고 조금 더 행복한 이유입니다.

관계에도 배움이 필요해요. 결혼도 공부가 필요해요

알랭 드 보통의 인생 학교에서 선정한 "관계"를 다룬 책에도 관계라는 것에는 기술이 필요하고 배움이 필요하다고 말합니다. 사랑이란 것은 '자연스럽게 알게 되겠지, 자연스레 익히겠지, 처음이라 그런 거 거겠지' 라며 사람들이 대부분 넘기곤 하지만 우리 인생 학교에서 성공적인 관계를 위해서는 배우기를 권하고 있습니다.

처음 보는 사람과 대화하는 법, 나이 드는 것에 대해 두려움을 이겨내는 법, 마음을 가라앉히고 용서하는 법, 아이와 부모의 애착 관계, 서로 지지하며 살아가는 상호보완적 부부관계 등 교육이 필요합니다. 부부관계에서도 썩 괜찮은 배우자와 살고 있어도 이혼할 수 있고, 타고 나길 좋은 IQ를 가지고 태어났지만, 부모의 지나친 기대와 강압이 자신의 재능을 펼쳐보지도 못하고 패배감에 사로잡힌 아이로 만들 수 있기 때문입니다.

결혼하기 전보다 외롭다는 여자들을 만납니다. 결혼도 관계로 이루어집니다. 혼자 하는 육아로 스트레스받고 외로움에 헐떡이고 있는지 모릅니다. 관계를 둘러보세요. 공동육아를 실행해줄 관계 육아를 위해서 나는 무엇을 할 수 있을까요? 먼저는 내가 어떤 관계를 맺는 사람인지 자신을 알아야 합니다. 내 마음의 창을 먼저 알아야 합니다. 매일 쏟아내는 내 입에서 나오는 말의 모양은 어떨까요? 아이와 똑같은 수준으로 말하고 있나요? 싫었던 부모의 모습을 그대로 따라 하는 복사된 부모의 모습은 아닌가요? 자신을 잘 이해하고, 자녀를 이해하고, 그다음 우리를 둘러싼 사람들과의 관계를 맺어야 합니다.

'행복하다' 는 연관어로 1위를 굳건하게 지키는 키워드가 바로 '먹는다' 입니다. 우리가 행복한 관계를 위해 가장 먼저 하는 행위는 함께 맛있는 것을 먹는것입니다. 최근 누구와 함께 먹으셨나요? 그러고 보니 그동안 바빴던 저는 아침은 거의 걸렀고, 점심은 주로 차에서 김밥과 샌드위치로 해결하고, 저녁은 아이들과 허겁지겁 해결했던 것 같네요.

얼마 전 함께 일하는 파트너들과 성수동 핫플레이스 레스토랑에서 점심을 함께했습니다. 음식의 맛보다는 세련되고 감각적인 공간 안에서 좋아하는 사람들과 함께 머물고 이야기를 나누는 것이 나의 감정을 새롭게 해주었습니다. 함께 먹고 싶은 사람에게 연락해보세요. 관계도 노력이 필요하고 배움이 필요합니다.

07

한정된 감정 에너지를 어디에 쓸까?

먼 미래를 걱정하기보다 현재의 부부생활을 함께 즐기는 데 집중하는 '부부 욜로(YOLO · You Only Live Once)족'이 새로운 트렌드로 떠오르고 있습니다. 욜로(YOLO/ You Only Live Once)란 '한 번뿐인 인생 후회 없이 살자'는 의미인데 몇 년 전부터 크게 이슈화된 단어입니다. 최근 내 집 마련은 힘들어도 둘만의 보금자리는 최대한 행복하게 꾸미자는 신혼부부들이 증가하면서, 혼수 마련에도 '욜로(YOLO)' 바람이 불고 있다고 합니다. 가전 및 가구 등 고가의 프리미엄 상품 구매가 늘고 있는 반면에 유행이 자주 바뀌는 침구류, 인테리어 소품 등은 비교적 실속형 상품을 선호하는 것인데요 육아 · 출산 · 경제 걱정에 결혼을 아예 꺼리는 싱글 욜로족과 달리 부부 욜로족은 결혼해서 배우자와 함께 인생을 즐기는 쪽을 선택한 사람들입니다. 그들은 '자녀가 다 성장한 뒤 노후에 둘만의 시간을 갖자' 라는 식으로 미래를 위해 현재를 희생하지는 않습니다. 부부 욜로는 '노세 젊어서 놀아' 같은 충동적인 것과는 다르게 행동합니다.

타인의 삶을 부러워하는 '좋아요' 를 누르는 삶을 거부하고
열정적으로 자기 주도적인 삶을 사는 사람

욜로라는 단어에는 한 번뿐인 삶을 후회 없이 즐기고 사랑하고 배우라는 철학이 담겨있고 현재의 행복을 위해 도전하고 실천하는 삶의 방식인 카르페 디엠(Carpe Diem)의 라이프스타일 버전입니다. 매일매일 SNS에 업데이트되는 타인의 삶을 부러워하며 '좋아요' 를 누르는 삶을 거부하고 열정적으로 자기 주도적인 삶을 사는 사람을 말합니다. 상상만 해도 멋진 삶임은 틀림없습니다.

그동안 결혼생활을 해나가는 부부들의 미션은 미래를 준비하는 것이였습니다. 월급의 절반 이상을 저축하고, 자동차보다는 투자 가치가 있는 집을 사는 것이 최우선이었어요. 그래서 현재는 견뎌내야

만 했고, 참아야 했습니다. 그리고 지금도 참고 인내하며 미래에 대한 희망으로 현재를 견디고 있지요. 먼 미래에, 언젠가 내가 꿈꾸는 삶을 살 수 있게 되길 바라면서 말이지요. 하지만 부부 욜로족들은 미래가 아닌 지금, 소유가 아닌 공유, 물질이 아닌 경험을 추구한다고 합니다.

진정한 부부 욜로족의 삶이란
미래가 아닌 지금, 소유가 아닌 공유, 물질이 아닌 경험을 추구

한정된 감정 에너지를 어디에 쓸지 결정하는 것과 같다고 생각합니다. 위시리스트(Wish List)를 위해 사는 삶이 아닌 부부가 '따로 또 같이' 꿈꿔온 버킷리스트(Bucket List) 목록을 지워나가는 삶이 매우 중요합니다. 부부가 서로에게 긍정적인 모티브를 주고받으며 사는 부부들은 소모적인 감정 에너지 때문에 서로의 시간을 낭비하고 싶어 하지 않습니다.

우리 부부의 인생 내비게이션이 제대로 작동하고 있을까요?

부부 인생의 지도는 Fact가 아닙니다. 서로가 서로를 통해 비치는 거울 같다고 할 수 있습니다. 비가 온다(객관적인 사실)고 할 때 '우울

하다' 라고 느끼는 사람이 있는가 하면 어떤 사람은 '분위기가 좋다' 라고 느끼기도 합니다. 이것은 객관적인 사실을 받아들이는 방식이 각자 다르기 때문인데요. 마찬가지로 부부가 서로를 긍정적으로 비춰주고 있다면 인생의 비가 내려도 우울해하지 않고 '분위기 참 좋다' 라고 느낄 수 있기 때문입니다.

대부분 사람이 꿈을 이루지 못하는 이유는 꿈을 막연한 희망 사항으로만 가지고 있기 때문이라고 합니다. 그렇다면 버킷리스트(Bucket List)를 글로 함께 써볼까요? 멋진 상상을 하며 써보는 것만으로도 우리의 감정 에너지는 긍정적으로 수직 상승합니다.

많은 부부가 구체적인 꿈을 글로 써본 적이 없다고 합니다. 우리 부부의 욜로 라이프, 위시리스트(Wish List)가 아닌 버킷리스트(Bucket List)는 무엇일까요? 부부의 꿈을 글로 쓰고 공유해본다면 무엇을 하고 싶고, 남기고 싶고, 되고 싶고, 갖고 싶은지 알 수 있습니다. 보통의 부부는 어떤 차를 갖고 싶어 하고, 어디에 살고 싶어 하고, 무엇을 바꾸고 싶어 하는지 갖고 싶은 것들을 잘 아는 것 같습니다. 한정된 감정 에너지를 긍정적으로 전환할 수 있는 가장 쉬운 방법은 버킷리스트를 갖고, 그것을 가까운 사람과 공유하는 일부터 시작입니다.

'나는 누구랑 있는가?
나는 무슨 일을 하는가?
나는 그 순간 무슨 마음으로 있는가?'

-하버드대학의 행복에 관한 연구 '관계'에 대한 질문-

Calligraphy design by 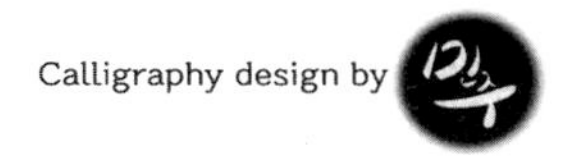

결혼 INSIDE 전문가 인터뷰 ④

이선정

부모자녀연구소 대표

워킹맘 멘토 전하는 일과 가정의 균형

워킹맘을 위한 육아멘토링, 이선정 대표
#워킹맘 #육아멘토링 #일가정양립 #워킹맘에게 전하는 따뜻한 조언

■ 우등생 프로필

30여년간 서울시교육청 위촉 교육컨설턴트 역임한 교육전문가

연세대학교 미래교육원 마음과 감정, 건강관리 분야 강의

이선정 부모자녀연구소 대표

Q1. 육아에 어려움을 느끼는 분들에게 조언 한 마디

육아, 사막을 건너는 일과 같이 힘들어도 이 세상에서 가장 가치 있는 일이라고 생각해요. 그러나 내가 지치면 욱하고 치밀어 올라 버럭 할 때가 많지요. 나의 감정을 다스리는 법을 찾아 해결해야 아이와도 좋은 관계를

유지할 수 있어요.

또한, 나만의 쉼, 힐링하는 시간을 조금이라고 가져야 한다고 생각해요. 에너지 충전이 필요한 거죠. 그리고 혼자 있지 말고 힘들 때 주변의 도움을 꼭 청하라고 말하고 싶어요. 가장 좋은 방법은 부부가 협업으로 하는 것이지요.

워킹맘 멘토, 이선정 대표님

육아, 정말 힘들었어요. 육아는 온 세상이 도와야 가능한 일이에요. 그러나 10년만 정성껏 하면 그것보다 더 큰 보람은 이 세상에 없어요. 저도 책을 저술하며 워킹맘으로 힘들게 육아 전쟁을 치르며 지나온 과정들, 내 기억에서 지워버리고 싶을 정도로 힘든 과정들을 떠올리며 나 자신에게 칭찬도 하고, 잘 자라준 자녀들, 도움의 손길들을 다시 한번 생각하며 감사하는 시간을 가질 수 있었어요. 10년만 참으세요. 그리고 아이가 있음에, 일이 있음에 감사해보세요. 에너지가 다시 솟아날 것입니다.

Q2. 워킹맘을 둔 남편들에게 조언 한 마디

가사와 육아는 공동의 협업이에요. 내가 너를 이만큼 도와준다. 나 잘했지? 이런 차원이 아니라 공평하게 일을 분배해야 해요. 아내의 좋은 점을 찾아서 칭찬해주는 것 또한 중요하지요. 서로 대화를 하지 않으면 모르기 때문에 "여보, 요즘 뭐 힘든 거 있어?"라고 물어봐야 해요. 작은 것들을 물어보면서 대화가 시작되거든요.

Q3. 현재도 30대 못지않은 외모를 유지하고 계시는데 자기관리 비결은?

자기관리 자체를 중요하게 생각해요. 자기가 가지고 있는 취향도 중요하지만, 친정엄마의 영향이 컸던 것 같아요. 제가 어릴 때 양장점을 하셨는데 아주 세련된 옷들을 늘 만들어주셨어요. 교복도 예쁘게 고쳐주셨어요. 어릴 때부터 늘 제 몸에 맞는 옷을 입었지요. 그것이 직장생활 할 때도 머리에서 발 끝까지 갖춰진 단정한 정장 스타일까지 이어진 것 같아요.

엄마들도 마찬가지예요. 부모가 먼저 보여줘야 한다고 생각해요. 모델링이 되어야 하지요. 너무 비치거나 편안한 옷보다는 가려 입어야 해요. 하나하나가 성교육이라고 생각하고 자연스럽게 엄마의 모습이 아이들에게 비쳤던 것 같아요.

Q4. 워킹맘을 위한 책을 내셨던데요, '육아 멘토링' 은 어떤 책인가?

힘든 워킹맘의 길을 가는 여성들에게 다양한 사례를 통해 이야기하듯 멘토링 하는 책이에요. 특히 일가정 사이에서 어떻게 균형 잡힌 생활을 할 수 있을 것인지 등에 대해 알고 싶은 여성들에게 좋은 지침서가 되길 바래요. 제목은 '워킹맘을 위한 육아멘토링' 이지만 20대~50대가 읽으면 도움이

이선정 대표

될 책이에요. 결혼한 여성들이라면 대부분 출산과 육아를 하는 과정에서 누군가의 도움을 받아야 할 때가 많은데 이 책은 그들에게 많은 도움과 격려가 되길 바랍니다. 특히 워킹맘뿐만 아니라 워킹대디가 함께 읽으면 더욱 시너지 효과가 날 수 있을 거예요.

Q5. 후배 워킹맘들에게 하고 싶은 말은?

제 책에 있는 구절이기도 합니다. 내 인생에 큰 영향을 미치는 일은 내가 원하는 쪽으로 결정해야 아쉬움도 없고 후회도 없다는 사실이에요. 그래야 남의 탓도 하지 않게 되지요. 언제나 우선순위가 나여야 합니다.

■ 우등생에게 배운 점

바쁜 워킹맘으로 살면서 가장 힘들었던 건 늘어나고 있는 감정의 무게였어요. 가사와 육아 그리고 일로 뒤돌아볼 시간 없이 말을 타고 달리듯 힘차게 앞으로만 달렸더니 저의 감정은 잃어버린 지 오래였습니다.

이때 이선정 대표는 말합니다. '잠시 힐링하는 시간을 가지세요. 나의 감정을 찾아 다스리는 방법을 알아야 아이와도 좋은 관계를 유지할 수 있어요. 부부와 협업한다면 워킹맘의 힐링 시간이 생길 거에요. 남편분들 가사와 육아는 공동의 협업임을 잊지 마세요.'

나의 감정을 다스리는 법을 찾아 해결해야
아이와도 좋은 관계를 유지할수 있어요

잊지마세요
언제나
우선순위가 나여야 해요

Calligraphy design by 미루

"Being good by doing good"

"행복은 마음의 문제이지만 몸을 잘 관리하면
마음도 좋아질 수 있어요"

PART 05

굿이모션 습관화를 위한 맘큐(MOM' Q)

감정을 억누르지 말고,
자신의 감정을 있는 그대로 들여다보면
부정적인 감정도 생산적인 에너지로
바꿀 수 있습니다.
감정의 핵심은 자신의 가치를
추구하며 사는 것입니다.

01

맘큐(MOM' Q) : Message(메시지 읽기)

(1) 감정의 메시지 읽기

부부는 일심동체일까요? 두 사람은 서로 다른 인격체를 가진 각각의 사람인데요. 긍정적인 감정들과 부정적인 감정들을 골고루 느낄 수 있으므로 일심동체라고 보기는 어렵습니다. 아이를 키우면서 다양한 감정들로 채워진 "육아 터널"을 지나게 됩니다. 지금까지 경험해보지 못했던 가지각색 감정의 경험들은 내가 살아있음을 느끼게 해주었습니다.

엄마, 아빠이기도 한 당신은 지금 어떤 상태일까요?

당신이 지금 어떤 상태인지를 스스로 아는 것은 무척 중요합니다.

왜냐하면, 자신의 상태를 점검하고 챙기는 것은 본인뿐 아니라 내 아이, 내 가족에게 무척 중요한 문제이기 때문입니다.

"내가 가진 감정, 나는 괜찮은 걸까?"

누군가를 이해하고 대화할 수 있으려면, 일단 자신이 심리적으로 건강해야 합니다. 두 사람이 마주 서서 손바닥으로 상대를 밀다가 한 사람이 넘어지는 게임을 한다고 생각해 보세요. 내가 흔들흔들하면 누군가 나를 조금만 건드려도 그냥 넘어질 수밖에 없습니다.

비행기에서 비상사태가 발생했을 때 따라야 할 안전매뉴얼이 있습니다. 위급상황 시 산소마스크는 어른이 먼저, 아이는 그 다음입니다. 아이보다 부모가 먼저 산소마스크를 써야 아이를 위급상황에서 구해낼 수 있습니다. 이처럼 부부가 먼저 심리적으로 건강할 때 아이도 꿈을 키우며 부부가 더불어 성장할 수 있는 원동력이 되어 줍니다.

감정은 외부로부터 자극을 받을 때 발생합니다. 대략 24시간 안에 회복되는 감정은 사실 걱정할 필요가 없지만 특별한 이유가 없는데도 2주 이상 기분이 가라앉아 있다면 내가 나를 돌봐줘야 할 시기입니다. 어떤 사람들은 아무리 노력해도 배우자를 이해하는 것이 무척 어렵습니다. 머리로는 어떻게 해야 하는지 알고 있어도 나도 모르게 화가 나고 짜증을 부르기도 하지요. 특히 어떤 특정 상황에서 감정 조율이 전혀 안 되어 아이 앞에서 심하게 다투기도 합니다.

이를 위한 첫 단계로, (엄마가 되기 전, 아빠가 되기 전) 나에 대해 잠시 돌아보는 시간이 꼭 필요합니다. 부모가 되기 전에 나는 어떤 사람이었나요? 재즈를 즐겨듣던 여린 소녀였나? 나 역시 부모님에게는 더없이 소중한 아들, 딸이었던 시절을 생각해봐야 합니다. 한때 누군가에게 나 역시 진한 첫사랑이었을지 모릅니다. 기억을 끄집어내고 생각을 정리해내는 것입니다. 초등학생 시절, 중·고등학교 시절, 대학 졸업 후, 결혼 전, 결혼 후, 현재 등 시기별로 가장 기억에 남는 사건을 적어봅니다. 그 당시 상황과 느낀 감정, 가졌던 생각 등을 적어만 봐도 이미 충분합니다.

감정의 사각지대 "나를 마주하는 것"

자신도 잘 몰랐거나 잊고 싶었던 기억을 끄집어내는 것이 힘들고 답답할 수 있지만 아팠던 과거의 나에게 "괜찮아, 그래도 정말 잘해왔어"라고 말해주는 것은 생각보다 큰 위로가 되어줍니다. 또한, 새로운 정서 상태를 갖게 도와줍니다. 우선 내 감정을 용기 있기 마주 볼 수 있도록 도와주어야 합니다.

성인 아이 증후군이 있습니다. 부모의 이상 행동의 피해로 아이 때 솔직한 감정표현을 못 해서 성인이 되어서도 자신의 감정표현을 잘 하지 못하는 것을 말합니다. 예를 들어 아빠나 엄마에게 심한 신체적 학대를 받은 아이가 있다면. 이 아이는 이런 신체적 학대 때문에 부모를 믿지 못하고 자신의 감정을 표현할 수 없는 어른으로 자라게 되죠. 그런 아이는 부모의 감정표현 즉 신체적 학대적인 감정표현을 배울 수밖에 없고, 커서도 부모와 똑같이 자신이 경험했던 것을 표현합니다. 간단히 말하자면 몸은 어른이지만 마음만은 아직 어린 아이가 감정표현을 하는 '성인 아이' 입니다.

안아주기 효과와 스스로 안아주기

우리는 서로를 안아주고 도닥여주면서 살아야만 행복한 존재입니다. 우리가 기억하지 못하지만 바둥바둥하면서 고개를 들고, 몸을 뒤집기만 해도 아주 많이 잘했다고 칭찬받았던 존재입니다. 그런데 우리가 성인이 되고 나서는 이런 따뜻한 토닥임, 칭찬, 포옹(hug)이 내 삶에 얼마나 있을까요? 우리는 내 아이 키우느라 나를 안아주지 못했고, 남편을 안아주지 못했고, 가까운 나의 사람들을 놓치고 살았는지도 모릅니다.

아이를 낳는 순간, 우리는 무엇인가를 붙잡았습니다. 나를 덮고 있던 이불, 침대 프레임, 혹은 남편의 손을 잡았습니다. 손을 잡는다는 것, 그것만으로도 두려움을 이길 수 있고 마음을 안정시킬 수 있기 때문입니다. 무의식적으로 누군가의 손을 잡는다는 것은 안도감과 유대감을 높이고 스트레스를 낮춰줍니다.

아이를 안았을 때도 아이는 느낍니다. 엄마가 나를 사랑하는구나. 정서적으로 안정감을 느끼고 엄마의 따뜻한 감정이 아이에게도 그대로 전달됩니다.

당신이 누군가를 안고 싶고 토닥토닥 위로받고 싶은데, 안아주는 사람이 있나요? 있다면 정말 다행입니다. 하지만 함께할 사람이 없다면 나는 너무 불쌍한 사람인가요? 아닙니다. 나도 나를 안아줄 수 있습니다. 이것이 사실 매우 중요하다고 생각해요. 그럴 때는 내가 나를 안아주고 토닥거려줘야 합니다. 내가 나를 안아주는 것이 타인이 안아주는 것보다 사실 더 중요합니다.

우리는 매일 열심히 살아가고 있지요. 열심히 살면서 다른 사람의 소리는 매우 잘 듣습니다. 아이를 잘 키우려면 어떻게 해야 하는지 부모교육을 열심히 찾아다니며 듣고 배웁니다. 학생 때 읽지 않았던 책이지만 웬만한 육아서는 거의 다 정독하면서 좋은 엄마가 될 수 있다고 생각합니다.

하지만 내 마음의 소리는 듣지 못하고 있을 수 있습니다. 자신을 따뜻하게 안아줄 수 있는 여유 있는 시간이 우리에게는 필요합니다. 커피 한잔 마실 시간이면 충분할 수 있습니다. 아기 띠를 매고 있더라도 내 눈은 하늘을 바라볼 수 있습니다. 그때 내 안의 나에게 이야기해줘야 합니다. '토닥토닥, 내가 널 안아줄게.' 라고

(2) 몸의 언어를 통해 알 수 있는 나의 감정인지

결혼해서 행복해지고 싶다면 결혼 후에도 행복해지기가 어렵습니다. 결혼하기 전부터 행복해야 결혼을 하고 나서도 행복해질 수 있기 때문이에요. 혼자서 놀지 못하면서 둘이 논다고 즐거워질까요? 결국, 내가 혼자서도 무엇이든지 시도해보고, 설레는 환경 속에 자신을 두어야 행복해질 수가 있다고 생각합니다.

'체화된 인지이론' 이 있습니다. 몸의 감각이 인지 기능에 영향을 미친다는 이론으로 '체화된 인지이론' 에 따르면 몸의 반응을 통해서

뇌의 인지에 영향을 줄 수 있다는 이론입니다. 즉, 몸이 감정과 생각에 영향을 준다고 설명합니다. 예를 들어 따뜻한 커피를 들고 대화할 때는 상대를 부드럽게 대하게 되고, 좁은 공간 딱딱한 의자에 앉아 제한된 시간 안에 합의를 끌어내야 한다면 상대를 다그치게 되는 말투나 행동이 나오게 된다는 이론입니다.

마음보다 몸이 먼저 움직여야 합니다.

제주여행의 최근 트렌드가 감성 충전 카페 투어 목적을 갖고 여행을 오는 젊은 사람들이 많습니다. 과거 우리 부모세대의 제주여행은 관광버스로 빽빽한 관광일정을 소화해야 여행다웠다고 생각했던 것과는 반대입니다.

관광지보다 카페를 찾는 이유는 무엇일까요? 제주의 햇살과 자연을 그대로 느끼고, 편안하고 넉넉한 분위기로 일상의 소소한 행복을 발견하고 싶은 감성이 그대로 묻어나는 트렌드입니다. 편안해진 나의 신체 감각이 행복하다고 느끼게 해주기 때문입니다.

요가를 배운 적이 있습니다. 긴 호흡 속에 정화되는 마음을 느끼고 싶어 등록했지요. 직업상 무엇을 배울 때 뭐든지 메모하는 버릇이 있다 보니 작은 수첩과 펜을 옆에 두고 첫 수업에 임했습니다. 집에서도 복습을 해보리라는 마음을 갖고 말이죠. 요가를 해보신 분들이 라면 제 행동이 얼마나 바보스러운 행동인지 잘 아실 거예요. 요가는 문자로 정리되는 운동이 아닙니다. 그런 저를 보고 선생님이 조용히 다가오셔서 해주셨던 말이 있습니다.

"몸으로 느껴보세요", "매일 반복하면 자연스럽게 몸이 알아요"

저는 더 쉽고, 더 재미있게, 더 느낄 수 있는 순간을 놓치고 있는 바보 같았습니다. 꼼꼼한 메모보다는 느낌을 반복하고 경험하는 것이 훨씬 더 중요합니다. 그리고 몸이 먼저 움직여야 마음이 비로소 편안해질 수 있습니다.

행복 심리학으로 유명한 최인철 서울대 심리학과 교수님의 말을 인용해요.

"행복이 심리와 밀접한 것은 어느 정도는 맞지만 지나치게 개인의 심리와 감정에 치중하고 있는 건 아닌가 하는 생각을 바꾸고 싶어요. 뭔가 몸으로 하는 일, 환경을 바꾸는 일, 공간을 정리하는 일들을 간과하고 넘어가지 말아요."

행복은 마음에 있지만, 몸과도 밀접한 관계가 있다는 점이죠. 비록 내 마음에 준비가 되어 있지 않더라도 어떤 행동을 하게 되면 사람들 안에 그 마음이 생길 수 있다는 사실이에요. 행복은 마음의 문제이지만 몸을 잘 관리하게 되면 그 마음도 생길 수도 있어요.

사람들은 마음이 준비돼야 행동을 할 수 있다고 믿어요. 하지만 심리학자들은 반대로 이야기합니다. "Being good by doing good" 하는 경우를 자주 발견하게 되었다고. "행복은 마음의 문제이지만 몸을 잘 관리하면 마음도 좋아질 수 있어요"

02

맘큐(MOM' Q) :
Observe(감정을 관찰하고 이해하기)

(1) 감정의 회복력을 높이는 감정 일기

애니메이션 〈인사이드 아웃〉에는 '기쁨, 슬픔, 까칠, 소심, 버럭' 다섯 가지 감정이 캐릭터로 등장합니다. 주인공은 한 사건을 통해 요동치는 감정을 느끼는데 자신이 느끼는 감정의 진짜 이유를 찾지 못해서 엉뚱한 곳에 감정을 쏟아내어 버리는 행동을 합니다.

사실 애니메이션에 나오는 주인공의 이야기가 아닙니다. 우리는 이성보다는 감정에 좌우되지만 그 감정이 어디서부터 시작되었고, 어떤 이름의 감정인지 잘 모를 때가 너무 많습니다. 특히 오늘도 무시하고, 회피하고, 곧 괜찮아질 거라고 꾸깃꾸깃 접어놓은 슬픔, 분노, 불안, 우울과 같은 부정적인 감정들이 순간순간 나를 흔들리게 만들어버립니다.

내 안에 진짜 감정을 대면하고, 시시각각 느껴지는 감정의 각도를 좁혀갔으면 좋겠습니다. 바로 감정일기입니다. 감정일기는 말 그대로 하루 동안 경험한 감정을 중심으로 일기를 적는 거예요. 그런데 감정일기를 쓸 때 가장 중요한 한 가지는 내가 느끼는 감정이 어떤 것이었는지 분명하게 표현해야 합니다. 우리가 매일 꺼내보고 들춰보는 다이어리는 사건과 사실에 대한 정리와 객관적인 표현들이라면, 감정일기는 그 사건과 상황에서 내가 느낀 솔직한 감정이 가장 중요합니다.

처음 쓸 때는 '좋았어, 행복했어, 설레였어, 화났어, 짜증 났어, 슬펐어, 우울했어' 정도의 초등학생도 표현하는 감정의 단어들이 등장하게 됩니다. 몇 년 전 저의 다이어리 속에 표시된 감정들을 보니 ♡(설렘)와 ㅠㅠ(슬픔) 2개의 이모티콘만으로 표현되었어요. 한 달 동안 ♡(설렘)이 절반 이상인 17일이나 표시되어 있었는데, 17일 동안 똑같은 ♡(설렘)의 감정은 아니었을 거예요.

감정의 이름 붙이기

내가 느낀 감정이 무엇인지 알기 위해서는 감정을 이름으로 명확히 표현하는 훈련이 필요합니다. 최근 3달 동안 느꼈던 감정들을 7가지로 생각해 보고 7가지 마음속 감정들에 어울리는 이름을 정해주세요. 우리 감정이해를 위한 작은 시작입니다. 제가 최근 3개월 동안 느낀 7가지 감정에 대한 기억입니다.

1) 불안감이 밀려오고 기분이 가라앉았던 날
2) 하이힐을 신고 "자존감 있는 나"로 보였던 날
3) 특별한 게 없었던 평소와 같았던 날'
4) 남들과 비교하고 불안했던 날
5) 아이들에게 미안하고, 후회스러웠던 날
6) 지치고 피곤하고 혼자 있고 싶었던 날
7) 새로운 경험을 했고 행복감을 느꼈던 날

감정 일기는 일정 기간 나의 감정 패턴을 파악하고, 감정 변화에 마음을 기울이게 만들 수 있는 가장 쉬운 방법이 되어줍니다. 한 달(30일) 동안 매일 느낀 감정의 이름을 정해보면 현재 나의 감정 상태를 쉽게 인지할 수 있습니다. 6개월 혹은 1년 동안 기록해보면 한 해

동안 나의 감정 그래프 패턴이 한눈에 보이게 되겠죠? 예를 들어 '올 한해 나는 참 분노했구나' 를 알 수 있어요.

'감정의 민첩성'

"감정이라는 무기"의 저자 수전 데이비드는 대부분 사람이 부정적인 감정 패턴에서 벗어나서 성공적인 변화를 지속해서 이끌어나가기 위해서는 내 안의 감정을 정확히 이해하고 감정의 회복력을 높일 수 있는 '감정의 민첩성' 이 보다 많이 필요하다고 말합니다. 사람이 인생을 살아가면서 갈림길을 앞에 두고 섰을 때 어느 길을 선택해야 할지, 그리고 그 길 저 너머에는 또 어떤 길이 놓여 있을지 정확하게 아는 방법은 없지만, 우리에게는 감정이라는 강력한 무기가 있기 때문입니다.

감정을 억누르지 말고, 자신의 감정을 있는 그대로 들여다보면 부정적인 감정도 생산적인 에너지로 바꿀 수 있습니다. 감정의 핵심은 자신의 가치를 추구하며 사는 것입니다.

우리가 늘 실패하는 것 중의 하나는 감정의 크기와 무게를 잘 가늠하지 못하는 경우입니다. 상대도 나와 같은 거란 생각으로 그들의 감정을 나와 같은 크기, 같은 무게, 같은 색으로 대하다 보니 상처가 생겨납니다.

상처가 늘어나고 흉터가 생기고, 괜찮다고 말하면서 넘기는 그것이 버릇되어버리면 내 마음이 지쳐가게 되지요. 내 감정을 제대로 관찰하고 때로는 그대로 수용해내는 힘이 필요합니다. 감정 때문에 현명하지 않은 선택을 하고 후회할 때가 참 많지요? 감정일기를 통해 나의 감정을 관찰하고 이해하는 노력을 시도해보세요.

(2) I'm NOT fine 사실 저는 괜찮지 않아요.

부부가 함께 한 시간이 길수록, 오래 연애하고 결혼할수록 서로를 완전히 이해한다는 착각에 빠지게 되기도 합니다. 저 역시 그랬으니깐요. 남편만큼 나를 잘 이해하고 받아주는 사람은 없다고 생각했던 적이 있습니다. 하지만 여러분들이 다 아시듯 그런 결론은 지구상에 1%의 부부만이 가지고 있을지 모릅니다….

서로가 잘 맞는다고 평가하는 부부와 그렇지 않은 부부를 대상으로 조사해보면 두 그룹 간에 부부만족도는 1% 정도의 차이밖에 없다고 합니다. 서로 간 정서적 만족감에 영향을 미치는 것은, 생각의 합의나 성격의 조화가 결코 아닙니다. 바로 부부간의 의사소통 방식입니다.

이혼으로 가는 부부의 공통적인 대화 패턴

부부 전문가 존 가트맨 박사는 부부 3천 쌍의 상호작용을 비디오로 찍어 상세히 분석한 결과 이혼으로 가는 부부에게 공통적인 대화 패턴 4가지가 있음을 발견했습니다. 바로 비난, 역공, 경멸, 담쌓기 4가지 패턴입니다.

부부간의 대화를 관찰해보면 행복한 부부는 격한 감정에 휩싸여 대화하더라도 비난, 역공, 경멸, 담쌓기의 단계로 가기 전에 다른 행동을 시도합니다. 예를 들어 상대방 손 잡기, 상황전환 유머, 잠깐 자리 비우기 등입니다. 이런 행동은 분위기를 전환해줍니다.

이와 반대로, 이혼으로 가는 부부들은 도대체, 왜, 맨날, 결코, 항상 등의 비난 조의 단어를 자주 허용합니다. 또 비난을 받은 상대는 거의 반드시 "너도 그랬잖아. 넌 뭘 잘했다고" 역공을 취하고 책임을 전가하거나 상대가 한 말을 돌려주는 방식을 보였다는 점입니다.

서로가 잘 맞는다고 평가하는 부부는 생각의 합의나 성격의 조화가 아닙니다. 바로 의사소통의 방식이라는 점을 기억한다면 왜, 맨날, 항상, 결코와 같은 비난조의 단어가 오가기 전에 잠깐 자리 비우기 등과 같은 다른 행동을 시도하는 것이 중요합니다.

I' m (NOT) fine을 외치는 대부분 사람은 나와 가장 가깝다고 여겨지는 사람과 공감소통 의사소통이 이루어지지 못하고 있는 사람이 대부분입니다. 우울감의 원인은 오늘 나의 하루가 힘들어서가 아니라 '힘들었을 텐데, 애썼어.' 라고 이야기를 나누는 사람이 우리 곁에 없기 때문입니다.

아이가 새 학년에 올라갔습니다. 걱정 반 기대 반 마음을 갖고 아이가 집에 도착하기까지 시계를 몇 번이나 쳐다봤는지 모릅니다. 드디어 우리 집 대장이 들어오네요. 표정만 봐도 fine 인지 not fine인지 대충 알 수 있지요. 그래도 물어봅니다.

"오늘 학교는 몇 점이야?"

"음……. 50에서 조금 조금 조금 조금 낮아"

"왜? 좋지 않았다는 거잖아. 별로였어?"

"아니, 오늘은 새로 바뀐 첫날이니깐. 내일은 80점이 넘을 것 같아"

"오늘도 재미없지는 않았어."

아들의 '재미없지는 않았어' 라는 표현은 재밌었다는 표현이라는 걸 알지요. 마음이 놓였습니다. Fine이었구나. 아침에 아이를 학교 정문 앞이 아닌 조금 멀리서 내려줬습니다. 이제 학년이 올라갔으니 혼자 조금 더 걸어가 보라고. 손잡고 앞에서 끌고 다닐 때와는 다르게 아이의 뒷모습이 보였습니다. 그러고 보니 책가방이 너무 위로 올라가 있네요. 몸이 컸는데 길이를 더 늘려줘야 했는데 그러질 못했습니다. 걸음걸이를 보니 씩씩해요. 두려움이 없다는 게 느껴져서 안심이에요. 맞아요. 뒤에서 봐야 보이는 것들이 더 많았습니다. 앞에서 옆에서 걸을 때는 몰랐는데 뒷모습을 보니 아이의 마음이 보였습니다.

03

맘큐(MOM' Q) : Manage(굿이모션 습관화)

엘렌 랭어의 '마음 챙김' 이라는 책에 나오는 실험입니다. 한 요양원에 거주하는 노인들에게 실내에서 키우고 싶은 화초를 하나씩 고르게 하고, 자신의 일과에 대해서도 여러 가지 소소한 결정을 내리도록 했습니다. 일 년 반 뒤에 관찰해보니 이렇게 자기가 고른 화초를 책임지고 키워야 했던 노인들은 그런 선택권과 책임이 주어지지 않은 노인들에 비교해 더 쾌활하고 활동적이며 심지어 사망률마저 낮았습니다.

화초를 키우는 것, 그리고 소소한 결정을 내리는 활동을 통해 좋은 감정이 습관화될 수 있는 상태로 이어진 경우입니다.

우리는 열심히 사는 것보다 정성껏 살아야 할 것 같습니다. 우리 모두의 기억과 경험이 모여 나만의 경험, 추억을 만들고 우리 가족만의 이야기를 지니게 될 것이니까요. 가난하다는 것은 좋은 감정을 습관화할 수 있는 (예를 들어, 화초 키우기와 같은) 이런 것을 잊은 것이고, 지켜낼 능력이 없다는 걸 의미합니다.

정월 대보름이 되면 부럼을 깨 먹고, 크리스마스 때가 되면 커다란 양말에 트리를 만들어놓는 것처럼 추상적인 감정을 표현하려는 방법과 형태 그리고 그에 따른 행동의 습관화가 필요합니다.

과일과 채소를 거의 먹지 않던 사람이 하루 총식사량의 8분의 1 이상을 과일과 채소로 섭취하면 실직자가 취직했을 때만큼 행복도가 올라간다는 연구 결과가 있습니다. 채소와 과일 섭취가 정서적 행복도에 미치는 장기적 영향이 신체 건강보다 더 크다고 합니다. 당근과 케일, 시금치, 망고 등 풍부한 천연 색소 카로티노이드가 우리를 긍정적 감정으로 이끈다는 내용입니다. 또한, 채소와 과일은 세로토닌 등 행복한 기분으로 이끄는 호르몬 분비도 원활하게 만들어 행복한 감정에도 좋습니다.

몸을 잘 관리하면 그 마음도 생길 수 있어요

먼저, 내가 머무는 공간을 정리 · 정돈하는 일부터 시작해요.

큰 가구들의 위치를 바꿔보는 거죠. 소파나 책장의 위치를 바꿔보면 같은 공간이지만 새로움이 느껴져요. 또 그동안 잘 쓰지 않았거나, 내버려 두었던 물건들을 정리하게 되면서 마치 내 마음속 감정의 쓰레기를 버리는 듯한 마음의 상쾌함을 느끼게 되기도 합니다. 혼자 가구를 옮기는 것이 힘들다면 가구 안 서랍의 배열을 바꿔보는 것도 좋습니다. 거울의 위치, 신발장의 신발 배열 등 나의 공간을 정리하고, 몸을 움직이면서 감정을 정리해 볼 수 있는 시간을 가질 수 있습니다.

두 번째, 간단한 운동을 시작해요.

사실 저는 유산소 운동이 많이 힘든 타입이에요. 한마디로 운동을 싫어하는 체질이라고 할 수 있습니다. 운동 같지 않은 운동을 시작해 보는 거죠. 엘리베이터 대신 계단 이용하기(부끄럽지만 우리 집이 3층이라 매일 가능할 수도 있습니다), 아이들 유치원과 학원 데려다줄 때 걸어서 가기, 하루 30분 집 근처 산책하기, 마트에 걸어가기, 윈도쇼핑 하러 가기, 핸드폰 헬스 앱을 켜고 하루 동안 움직인 나의 동선 점검해 보기 등이에요. 사실 운동이라고 할 수 없지만, 기분전환을 가져다주는 작은 몸의 움직임입니다.

세 번째, 열려있는 몸의 보디랭귀지를 연습해요

'몸의 언어를 통해 느끼는 감정' 과 '사람을 만나는 관계' 가 어떤 연관성이 있을까? 우리가 사람을 만날 때 아무 말도 하지 않고 마주 앉아있지는 않지요? 표정이 변하고, 감정에 따라 대화의 톤이 달라지고 심지어 보디랭귀지도 감정에 따라 다르게 표현되어 집니다.

관심 있고, 호감 가는 내용을 좋아하는 사람과 대화한다면, 이미 우리 몸은 온몸으로 열린(open) 마음을 표현하고 있습니다. 동의를 표하는 눈썹의 움직임, 따뜻한 눈 맞춤, 행복을 드러내는 표정, 상대를 향해 열려있는 몸짓을 통해 충분히 느낄 수 있습니다.

그와 반대되는 경우도 마찬가지입니다. '당신이 싫고 불편해요.' 라고 듣지 않아도 불편한 눈빛과 표정, 팔짱과 깍지를 통해 드러나는 닫혀있는(close) 상대의 마음 상태를 알 수 있습니다. 그러므로 좋아하는 사람을 만나고, 그 사람에게 열려있는 행동들을 표현해주세요. 표정으로, 눈빛으로, 손의 제스처로, 상대를 향해 가슴이 열린 몸의 방향으로…. 이런 몸의 반응들이 나의 감정을 행복하게 끌어올려 줄 수 있어요.

네 번째, 경험 수집가가 되어보세요

여행하고, 책을 읽고, 새로 개봉한 영화를 보고, 새로운 시야를 제공해주는 사람을 만나고, 새로운 공부를 시작해보고…. 이런 모든 것이 우리에게 새로운 감정을 습득해 건강한 정서를 만들어준다고 생각합니다. 연관된 경험을 쌓아보세요. '한 우물 파기 식' 경험만이 아닌 잡다한 경험, 그것이 무엇이든지 적극적으로 수용하고자 하는 마음이 우선입니다.

나만의 경험 토피카(Topica: 이야기 터)가 나를 생기있게 만들어줍니다. 모든 경험이 담겨있는 나만의 보물창고이자 자신만의 어장입니다. 누군가에게는 '일기'로 경험을 수집해나갈 수 있습니다. 저에게는 '독서록'이 있습니다. 익히고 배우는 과정, 시도하고, 실수하는 과정, 시행착오를 통해 학습해나가는 경험입니다.

그러니 일상 속에서 좋은 감정을 유지할 수 있는 나만의 형식을 지켜나가는 것입니다. 색소가 있는 채소와 과일을 먹으려 노력하고, 기분 나쁜 감정으로 깊게 들어가기 전 나만의 형식으로 기분 좋은 상태를 이끌어오는 것도 습관화입니다.

형식을 잃으면 경험을 잃고 나만의 문화가 사라지게 됩니다. 좋은 감정을 유지할 수 있는 의식을 치를 수 있다는 것은 현재 진행형의 기억 상자, 인생의 선물, 감성 지수를 만드는 일이 되어줍니다.

결혼 INSIDE 전문가 인터뷰 ⑤

이다랑

그로잉맘 대표

'육아 말고 뭐라도!' 여성들에게

그로잉맘 부모교육 및 육아상담전문가 이다랑 대표
#카메라를 통해 저의 일을 바라본 남편의 시선 #시선의 변화가 일상의 변화로
#엄마는 나의 자존감부터 #엄마가 자신을 공부해야 해요.

■ 우등생 프로필

대한민국 엄마들의 롤모델, '아이 마음에 상처주지 않는 습관' '내 아이를 위한 심플육아', '육아 말고 뭐라도' 의 저자

그로잉맘 육아상담플랫폼 스타트업 대표 / 기질육아 강연가

■ 우등생의 자기소개

엄마들을 위한 회사를 만들고 싶은 그로잉맘 대표 이다랑 입니다. 현재 엄마들을 도울 수 있는 다양한 교육 프로그램과 '아이 마음에 상처주지 않는 습관' '내 아이를 위한 심플 육아', '육아 말고 뭐라도'(공저) 세 권을

이다랑 대표

집필한 작가로도 활발히 활동하고 있습니다.

■ 저자가 만나본 우등생

이다랑 대표를 만났다. 7살 아들 엄마의 모습이 보이지 않는 밝은 에너지로 반겨줬다. 자신도 대한민국의 한 엄마로서 모든 엄마를 지지하며, 어떤 질문에도 신중한 고민과 현실적인 조언으로 성장하는 엄마들이 되기를 바란다는 이다랑 대표의 눈에는 진심이 담겨있었다. 가족과 일, 그리고 회사 직원들의 가정까지 모두 행복할 수 있게 유지할 수 있는 비결은 아마도 자기 자신을 가장 먼저 생각하고 자기 자신을 사랑하는 이다랑 대표의 마음 때문이지 않을까?

■ 성장하는 엄마 우등생 인터뷰: 이다랑 대표

Q1. 어떻게 창업을 하게 되었나?

임신 후 자연스럽게 경력단절이 됐어요. 아이 낳으면서 어떻게든 일을 시작한 일이 초반에 '온라인 사이버 상담부' 였어요. 인맥이 생기면서 일주일에 한 번씩 일했어요. 그러면서 근면하듯이 경력을 이어갔어요. 그래도 '이다랑 상담사님' 이라고 불러주는 그 기쁨이 좋아서 계속 일을 했어요. 그런데 이 일도 오후나 저녁에 할 일이 많아지다 보니 아이를 키우면서 병행하기는 어려운 직업인 거에요.

일하고 싶은데 못하는 답답한 마음을 풀고 싶어서 계정을 만들어서 블로그와 인스타그램에 글을 썼어요. 아이 엄마로서 내가 배운 거와 현실의 차이를 썼어요. 그때 네이버에서 전문 연재 요청이 왔었고요. 그럴수록 많은 엄마가 육아와 관련된 질문들을 저에게 했고 저는 획일화된 답변밖에 할 수 없었어요. 그래서 엄마들에게 자신과 아이를 알 수 있는 온·오프라인 교육을 만들어야겠다라는 생각으로 구글 캠퍼스에 도전했던 것 같아요.

Q2. 그로잉맘이란 회사는 어떤 곳인가요?

처음에는 시행착오도 있었는데 지금은 기준이 있어요. 무조건 4시~4시

30분에는 퇴근해요. 출근은 보통 10시에 해요. 일하는 시간은 매우 짧아요. 대신 점심을 우아하게 먹을 수 없어요. 점심시간이라는 개념이 없어요. 매우 바쁘게 움직이면서 일해요. 그렇게 일하는 이유는, 제가 출퇴근 시간을 못 지키게 되면, 함께 일하는 직원들의 불만이 생기게 돼요. 그렇게 되면 회사에는 곤욕스러운 결과가 나오죠. 그래서 우리 회사에는 출퇴근 정책은 확실히 지켜요. 다만 일의 절대량은 있어요. 따라서 아이가 자면 온라인 재출근이 있어요. 의무는 아니지만, 보통 다시 온라인 근무를 하는 경우가 있어요. 탄력적으로 운영을 하고 대신 구멍이 나지 않게 기술에 의존해서 업무 진행을 해요.

(주 2~3회 출근이 있던데? 꼭 출근해야 하는 요일이 있나요?)

의무적으로 나와야 하는 건 2번 정도에요. 정기 회의나 이슈는 평균적으로 1번에서 최대 3번 정도인 것 같아요. 그런데 회사에 나와서 일하는 게 편해서 그런지 강요하지 않아도 3번 정도 나와서 일하는 것 같아요. 저흰 아무 곳에서나 일할 수 있어요. 노트북만 펼 수 있으면 사무실이지 않아요?

Q3. 남편이 많이 지지해주는가?

남편은 지지를 해줘요. 사실 히스토리가 있어요. 결혼 후 1년 정도 남편과 함께 해외 봉사 활동을 다녀왔어요. 제가 에티오피아 엄마들에게 상담하는 모습을 남편은 자기 일을 하면서 봤죠. 원래 연애나 결혼을 해도 상대가 하는 일을 가까이서 볼일이 없잖아요. 그런데 남편은 카메라를 들고, 제가 상담하는 모습을 촬영했어요. 결국, 자기의 카메라 렌즈로 제가 하는 일을 보고, 그 카메라를 통해서 그 엄마들이 어떻게 변하는지 봤어요. 그래서 제가 하는 일의 가치를 중요하게 생각하는 것 같아요.

Q4. 엄마로서의 이다랑 대표는?

저도 사실 궁금했는데요, 남편의 말로는 차이가 없데요. 사실 저의 일이 아이를 만나는 상담사이다 보니 아이를 대하는 태도는 큰 차이는 없어요. 다만 밖에서 사람들과 있을 때는 에너지를 받아서 활발한데, 집에서는 조금 힘이 빠진 정도에요(하하). 주말이나 연휴가 되면 힘이 점점 빠져요. 제가 슈퍼 외향적이라서 집에 오래 있으면 힘들어요. 사실 워킹맘이라서 더 에너지를 얻는 걸 수도 있어요.

Q5. 육아는 어떻게 하는가?

아이와 많은 시간을 보내지 않아요. 대신 5분~10분 아이와 상호작용 할 때 치료사처럼 집중하는 편이에요. 그 순간에는 아무것도 하지 않고 진짜 아이가 하는 얘기만 잘 듣고 있어요. 내가 할 말은 생각하지 않고 들어만 줘요. 잘 듣고 있으면 잘 들었기 때문에 궁금한 게 생기게 돼요. 그래서 질문하면 아이가 귀신같이 자신의 이야기를 잘 들었다는 걸 알아요. 집에

와서도 분명 시간은 있는데 5분~10분이 잘 안 나요. 그래도 전 늘 항상 이 시간을 어떻게 만들 수 있을까 고민하죠. 어떻게 아이가 안 서운하게 할 수 있겠어요. 늘 항상 서운하죠.

내가 어느 정도 최선을 다하고 있다면 아이에게 너무 미안해하지는 않았으면 해요. 오히려 고맙다는 말이 나와 아이에게 더 좋은 감정으로 남을 수 있어요.

Q6. 결혼을 준비하는, 또는 결혼생활을 하는 모든 여성에게 하고 싶은 말은?

자기가 무엇을 원하는 사람인지 모르는 사람이 많아요. 내가 무엇을 추구하는 사람인지 알아야 그 뜻에 맞는 상대를 만날 수 있어요. 워킹맘의 역할이 확실치 않은데 떠밀리듯이 하시는 분도 있고, 전업주부를 하지 않아야 하는데 그냥 매여 있는 상황을 많이 보게 돼요. 애초에 그런 걸 만들지 않기 위해 자기가 어떤 사람인지 아는 것이 매우 중요해요. 자기에 대해서 냉정한 눈을 가져야 해요. 지금 내가 무엇을 해야 할지 모른다는 건 너무 정보가 많거나, 또는 정보가 없는 건데 요즘의 사람들은 정보가 없어서 선택하지 못하는 사람은 없다고 봐요. 너무 많은데 나에게 필요한 정보를 선택 못 하는 거죠.

자기에 대해 배움이 너무 없는거죠. 사실 '그로잉맘' 교육에 아이에 대한 솔루션 교육이 없는 것도 그 이유에요. 나를 아는 것이 가장 중요하고, 가장 먼저 할 일이에요.

■ 우등생에게 배운 점

유독 우울하고 처지는 나의 감정을 어떻게 바라봐야 할지 힘들었어요. 그렇게 나의 감정을 두면 어느 날 남편에게 또는 아이에게 화내고 있는 나를 발견하곤 했죠. 다시 좋은 아내가, 엄마가 되기 위해 '대화법' 을 배우고 '놀이학습법' 을 배우지만 전혀 해결되지 않았어요.
이때 이다랑 대표는 말해요. '요즘 정보는 너무 많죠. 하지만 그 많은 정보 중에서 나에게 필요한 정보를 잘 선택하지 못해요. 왜냐면, 자기에 대해 배움이 너무 없어요. 나를 알아야 해요. 나를 아는 것이 가장 중요해요'

자기가 무엇을
원하는 사람인지
모르는 사람이 많아요

내가 무엇을
추구하는 사람인지
모르는 사람이 많아요

나를 아는 것

지금 가장 먼저
할 일이에요

Calligraphy design by

자세히
보아야
예쁘다
오래 보아야
사랑스럽다
너도 그렇다

- 나태주 시인 -

Calligraphy design by 민주

형식을 잃으면 경험을 잃고
나만의 문화가 사라지게 됩니다.
좋은 감정을 유지할 수 있는 의식을
치를 수 있다는 것은 현재 진행형의 기억 상자,
인생의 선물, 감성 지수를 만드는
일이 되어줍니다.

번아웃된 여자들의 감정 읽기

아내가 화를 자주 내요

저자 **이모은 장성미 신호진**

이 책에서 함께한 저자 세사람은
이 시대를 살아가면서 일과 가정을 모두 책임지고
이끌어가는 여성들에게
위로와 공감을 건네고 싶었습니다.
나 혼자 힘든 것이 아니라는 것만으로도
위로가 되니까요.